U0088905

古典文學研究輯刊

十八編

曾永義 主編

第4冊

青樓青山青史——河東君與《柳如是別傳》新論（下）

李栩鈺 著

國家圖書館出版品預行編目資料

青樓青山青史——河東君與《柳如是別傳》新論（下）／李栩鈺著 — 初版 — 新北市：花木蘭文化事業有限公司，2018〔民107〕

目 4+ 面 176；19×26 公分

（古典文學研究輯刊 十八編；第 4 冊）

ISBN 978-986-485-505-6（精裝）

1. 柳如是別傳 2. 研究考訂

820.8　　107011618

古典文學研究輯刊

十八編　第四冊　　ISBN：978-986-485-505-6

青樓青山青史——
河東君與《柳如是別傳》新論（下）

作　　者　李栩鈺

主　　編　曾永義

總 編 輯　杜潔祥

副總編輯　楊嘉樂

編　　輯　許郁翎、王筑　美術編輯　陳逸婷

出　　版　花木蘭文化事業有限公司

發 行 人　高小娟

聯絡地址　235 新北市中和區中安街七二號十三樓

　　　　　電話：02-2923-1455／傳真：02-2923-1452

網　　址　http://www.huamulan.tw 信箱 hml 810518@gmail.com

印　　刷　普羅文化出版廣告事業

初　　版　2018 年 9 月

全書字數　223824 字

定　　價　十八編 15 冊（精裝）新台幣 29,000 元　

青樓青山青史——
河東君與《柳如是別傳》新論（下）

李栩鈺 著

目次

柒、文化菁英的詩詞題詠
——「召喚」柳如是

一、前言

清代以降，對一代奇女子——柳如是的人格評價，題詠之詩詞傳誦不絕。本文首先探討隨園〔註1〕女弟子、碧城仙館〔註2〕女眷對於柳如是的評價。隨園文名之盛，不惟執經問字之姝；即大江南北，名閨淑媛，亦莫不欲得其一言以爲榮。乾嘉之際，女性文壇之稍露頭角者，莫不與隨園有直接或間接的關係，故取其爲核心團體。梁乙眞《清代婦女文學史》：「有清一代，提倡婦女文學最力者，有二人焉，袁隨園倡於前，陳碧城繼於後。」〔註3〕故繼而考察碧城仙館女眷對柳如是的評議。之後則考察南社〔註4〕精神與柳如是人格契合之處，並述其他諸君對柳如是的題詠與凝視。

〔註1〕〔清〕袁枚（1716～1798）字子才，號簡齋，晚年自號隨園老人，浙江錢塘（今杭州）人。乾隆四年（1739）進士，授翰林院庶吉士。後出知溧水、江浦、沭陽、江寧等縣。四十歲辭官定居江寧（今屬南京），築室小倉山房隨園，專事詩文著述。論詩主張抒寫性情，創「性靈說」。對儒家「詩教」表示不滿。部分詩篇對漢儒和程朱理學進行抨擊，並宣稱「《六經》糟粕」（〈偶然作〉）；多數作品則抒發其閒情逸致。工文章，善辭賦駢文。著有《小倉山房詩文集》、《隨園詩話》、《子不語》等。

〔註2〕〔清〕陳文述（1771～1843）字退庵，號雲伯，原名文杰，浙江錢塘（今杭州）人。嘉慶五年（1800）舉人，官昭文、全椒等知縣。早年即有才名，詩學「西昆體」，後又學吳偉業、錢謙益，是清代嘉慶、道光時期的著名詩人。著有《碧城仙館詩鈔》、《頤道堂集》等。陳文述是繼袁枚之後，推動清代婦女文學最爲有功者，以其爲首。碧城仙館女弟子，皆爲嘉慶、道光時代的閨閣才女。

〔註3〕梁乙眞《清代婦女文學史》（臺北：中華書局，1979年2月臺3版），頁165。

〔註4〕「南社」社名運用《左傳》中所記載的鍾儀被囚猶彈奏楚國南音的一則故事，藉以宣喻「南社」命名的反清性質——所謂「鍾儀操南音，不忘本也。」

二、女性文人的評價——慷慨獨君完大節

柳如是爲明末清初女性作家中的翹楚，她在婚前主要的作品有《戊寅草》、《尺牘》與《湖上草》，後二者是安徽歙縣的富商汪然明刻印，清代女作家林雪女史特爲《尺牘》作〈小引〉一篇：

> 余昔寄跡西湖，每見然明拾翠芳堤，偎紅畫舫，徉徜山水間，儼黃衫豪客，時唱和有女史纖郎，人多艷之。再十年，余歸三山，然明寄眎畫卷，知西泠結伴，有畫中人楊雲友，人多妒之。今復出懷中一瓣香，以柳如是《尺牘》寄余索敘。琅琅數千言，艷過六朝，情深班蔡，人多奇之。然明神情不倦，處禪室以致散花，行江皋而逢解珮。再十年，繼三詩畫史而出者，又不知爲何人。總添入西湖一段佳話，余且幸附名千載云。　三山林雪天素　書於翠雨閣〔註5〕

林雪女史先描述汪然明處世行徑是「人多艷之」、「人多妒之」到「人多奇之」，說明汪與柳的交情，再指出柳如是的作品風格爲「琅琅數千言，艷過六朝，情深班蔡」，可說是最早對柳「以閨閣可否閨閣」〔註6〕。活躍於清代的兩大女性文學團體（隨園女弟子、碧城女眷），對柳如是又是如何評騭呢？

（一）席佩蘭

隨園女弟子中，其詩才最傑出者，當推席佩蘭。佩蘭名蕊珠，字月襟，又字韻芬、道華、浣雲，佩蘭爲其自號。昭文（今江蘇常熟）人。詩人孫原湘〔註7〕妻，由於志趣相投，兩人的日常生活中充滿了風雅的情趣。如孫子瀟〈示內〉詩有句云：「賴有閨房如學舍，一編橫放兩人看。」席佩蘭〈夏夜示外〉云：「夜深衣薄露華凝，屢欲催眠恐未應。恰有天風解人意，窗前吹滅讀書燈。」寥寥數語，勾繪出一幅閨中讀書之樂的景象。佩蘭爲袁枚首席女弟子，故習染性靈之說，亦善畫蘭，有《長眞閣詩集》。袁簡齋題序云：「字字出於性靈，不拾古人牙慧，而能天機清妙，音節琤琮。其佳處，總在先有作意，而後有詩，今之號詩家者愧矣。」席佩蘭對於柳如是的題詠詩作共有八

〔註5〕參見《柳如是詩文集》（上海：上海古籍出版社，2000年10月），頁153～156。

〔註6〕清代才女王端淑《名媛詩緯初編・凡例》：「以閨閣可否閨閣，舉其正也。」

〔註7〕〔清〕孫原湘（1760～1829）字子瀟，晚號心青。昭文（今江蘇常熟）人。嘉慶十年（1805）進士，授翰林庶吉士，充武英殿協修，假歸後稱病不出。詩受袁枚的影響頗深，重性靈，但詞藻艷麗。論詩謂「性情者詩之主宰也，格律者詩之皮毛也」。作品內容多爲紀行、酬贈一類。法式善嘗以與王懸、舒位並舉，作〈三君詠〉。著有《天眞閣集》。

首，主要集中在「修墓紀事」與「訪古」，先看〈春盡日泊舟錢園，引耦耕堂故址，兼訪河東君墓不得〉：

> 前朝華屋半犁田，綠水園名尚姓錢。大樹難尋紅豆種，亂墳空起白楊煙。送春天氣兼晴雨，引古詩情雜鬼仙，一晌低徊山欲暝，落花如雪又開船。〔註8〕

滄海已成桑田，但綠水之園名仍然姓錢此句悵然之情不言可喻，女性志業的展現終究是灰飛煙滅，連一個供人憑弔之蹟都不復存，弔古之情因訪墓不得而悵然——「大樹難尋」、「亂墳空起」，在柳如是墓修竣之際，更有〈陳雲伯大令重修河東君墓紀事〉四首：

> 一、耦耕相約殉南都，其柰霜髯戀雪膚。舊事怕題長樂老，故鄉羞說莫愁湖。君籍金陵。花甘委地如金谷，蓮竟生天效玉奴。拂水巖西芳艸綠，可憐薇蕨愧蘼蕪。
>
> 二、我聞戒律悟眞如，引決從容禮佛餘。終許柳枝隨白傅，誰云燕子負尚書。畫樓寂寂空芸蠹，渴土匆匆葬玉魚。畢竟人間芳烈好，棠梨一樹護邱墟。
>
> 三、采采幽蘭仄徑香，題詩人莫比眞娘。山塘合改河名愛，宰木應添樹姓楊。君本名楊愛。競護青陵一坏土，誰憐紅豆舊村莊！當時若嫁雲閒壻，儻許貞魂配國殤。
>
> 四、表章多謝長官勤，重製曹娥碣墓文。已惜傳觀無錦襪，尚疑化腐有湘裙。閣名祇可尋秋水，子姓猶知說絳雲。從此三橋寒食路，踏青先上柳娘墳。〔註9〕

陳雲伯即陳文述也。第一首詩的「愧」字，就已指出殉明降清的關鍵時刻，柳如是的氣節讓人景仰，而錢謙益在故鄉是既「怕題」、也「羞說」。尤其第二首「誰云燕子負尚書」一句，暗以白居易有詩微責歌妓關盼盼未殉張建封事，反比錢謙益未能爲明、甚且可說爲柳而殉命，所以回應第一首的「拂水巖西芳艸綠，可憐薇蕨愧蘼蕪。」第三首中再指出「當時若嫁雲閒（間）壻，儻許貞魂配國殤。」深致惋惜之意：有殉國之思的柳如是卻無法及時與陳子

〔註8〕〔清〕《長眞閣集》，光緒辛卯重刊本，卷三，頁13。（轉引自范景中輯，《柳如是事輯》（杭州：中國學術學院出版社，2002年3月），頁282。

〔註9〕〔清〕《長眞閣集》，光緒辛卯重刊本，卷六，頁16～18。（同註8，轉引自范景中輯，《柳如是事輯》，頁282）

龍同死。最後則肯定心中的典範人選爲柳如是——「踏青先上柳娘墳」。至於〈重過錢園弔河東君〉一詩所云：

> 平蕪一片小滄桑，拾得前朝斷甓香。甲第已無江令宅，午橋猶喚晉公莊。汗青竟失圖佳傳，頭白惟甘事梵王。我感綠珠能報主，兩番停槳弔斜陽。〔註10〕

面對前朝故物，感到歲月滄桑、景物依舊人事全非，畫像已杳無可尋。白髮之人潛心向佛，雖然強調柳如是能夠「報主」，但在〈錢尚書故宅弔柳夫人〉二首中仍強調梵音之後的寂寞：

> 一、衙齋燕寢晝凝香，舊是尚書綠野堂，降表稱臣推白首，梵經學佛媚紅妝。南朝孔範才何富，西蜀譙周命太長。拂水巖前秋水閣，東風誰與奠椒漿？
>
> 二、深鎖瑤窗冷玉鉤，滄桑無限莫雲愁。元經寂寞終投閣，紅粉從容竟墜樓。半野有堂營謝傅，兩朝無地置楊彪。祇應百級瓊梯頂，絕代蛾眉占上頭。〔註11〕

第一首的首聯點明地點，頷聯「降表稱臣推白首，梵經學佛媚紅妝」直指錢謙益的降清事件對柳如是的衝擊，故晚年長伴青燈。第二首看重的仍是柳如是的「從容墜樓」，明白她的「滄桑無限」。「元經寂寞終投閣，紅粉從容竟墜樓」二句分別用了揚雄、綠珠典故，直指柳如是因家難而自盡，「半野有堂營謝傅，兩朝無地置楊彪」更嘲錢謙益位居高位，卻是兩朝不容的貳臣，肯定的是柳如是的「絕代蛾眉」。

（二）歸懋儀

席佩蘭的閨中畏友歸懋儀，字佩珊，江蘇常熟人。陶澍《繡餘餘草・序》：「余頃過安亭，宿震川書院。詢及先生後人，無知者。或云：『常熟女史歸佩珊，即其裔也。』又云：『吾訪震川先生子孫未獲，而得悉其後有才女，亦足慰榛苓之思也。』」由這段敘述可知歸懋儀爲歸有光的後代；巡道歸朝煦之女，歸懋儀母親李心敬，字一銘，亦耽吟詠；歸懋儀嫁給上海監生李學璜，一堂授受，相得益彰。王韜《瀛壖雜誌》稱其詩：「清婉綿麗，斐然可誦。」歸懋

〔註10〕〔清〕《長眞閣集》，光緒辛卯重刊本，卷三，頁17。（同註8，轉引自范景中輯，《柳如是事輯》，頁296）

〔註11〕〔清〕《長眞閣集》，光緒辛卯重刊本，卷六，頁13。（同註8，轉引自范景中輯，《柳如是事輯》，頁296）

儀著有《繡餘餘草・尺牘・詩餘》、《繡餘續草》、《再續草》、《三續草》、《四續草》、《五續草》、《聽雪詞》等書。而她的〈題梵福樓所藏柳如是畫像〉詩云：

一、絳雲樓閣久成薪，萬卷藏書委劫塵。惟有玉人魂不化，披圖重現去來身。

二、俠骨清才窈窕孃，如花標格繡心腸。尚書不死緣卿戀，此意還須略諒郎。

三、美人情重抵兼金，玉碎先存報主心。汗簡有名才算壽，還將一死答知音。

四、初白風流現後身，河東姓氏又重新。畫圖珍重藏金屋，異代憐才更有人。〔註 12〕

詩中著眼於柳如是施展抱負、展現雄心的重大生涯轉折。也提到壽考有限，精神不朽——縱使樓毀書焚、代異，「惟有玉人魂不化，披圖重現去來身」、「汗簡有名才算壽」、「河東姓氏又重新」。再者，歸佩珊所提的「尚書不死緣卿戀」，更與前面席佩蘭所云：「耦耕相約殉南都，其柰霜髯戀雪膚。」相同，除了不無爲錢謙益洗脫苟且偷生之嫌之外，兼惜其俠骨清才美貌。

（三）吳瓊仙

吳瓊仙，吳江徐山民夫人，字子佩，一字珊珊，工吟詠，山民喜爲詩，得珊珊大喜過望，同聲耦歌，窮日分夜，著有《寫韻樓詩集》。袁隨園聞之，嘗自吳中過訪，以爲「徐淑之才，在秦嘉之上」。至於她和柳如是的因緣，珊珊有十首絕句，題爲：〈家藏顧橫波夫人墨蘭畫冊，柳靡蕪題絕句十首。近沈孟嫺女士題其籤曰：「美人香草。」因次蘼蕪原韻〉：

一、一枝珍重對蠻箋，吹煞東風不放顛。直把一生心事寫，清香淡墨莫分看。

二、群玉山頭寫性眞，一番冰雪十分新。終嫌塵土添情累，懺向空山不見人。

三、合把冰心貯玉壺，此身漫說託根孤。枝枝不著些微土，如此江山畫得無？

〔註 12〕〔清〕《繡餘續草》，道光刊本，卷三，頁 14～15。（同註 8，轉引自范景中輯，《柳如是事輯》，頁 158）

四、情詞寫照逼眞眞，要比楊枝洗路塵。一切觀應作如是，現它說法女兒身。

五、紅豆莊前和露種，絳雲樓上倚聲歌。猗蘭欲譜無人會，投老心情喚奈何！

六、不藉春風春雨栽，幽香竟體立蒼苔。漫書十首無頭尾，半是含酸帶怨來。

七、儂家藏得此靈枝，織字愁無絕妙辭。不省詩情何處是，橫波說與兩眉知。

八、直須認取主人翁，舞煞天花只是空。留得一莖香草在，便教愁雨復愁風。

九、佳人難得繫相思，爲我題籤寫玉姿。四字騷經包括盡，細從九畹認分支。

十、名花傾國奈根塵，淨業都歸空谷春。不是斷腸人不說，打頭先要弔湘神。〔註13〕

吳瓊仙因爲家中所藏畫冊上有柳如是之詩，故以和之。其第四首「一切觀應作如是，現它說法女兒身」可說是全組詩的題旨，肯定柳如是巾幗英雄的作爲，支持她身爲女兒之身，卻心存報國之志，只是南明王朝卻是「枝枝不著些微土，如此江山畫得無？」爲了完整資料起見，再徵引柳如是〈題顧橫波所寫墨蘭冊葉〉的原詩十首（見於吳瓊仙《寫韻樓詩集》卷四）：

一、興來潑墨滿吟箋，半是張顚半米顚。俗眼迷離渾不辨，嗤它持作畫圖看。

二、暫向幽芳一寫眞，筆花飛落墨痕新。總然冷淡難隨俗，巖谷而今有幾人。

三、讀罷《離騷》酒一壺，殘燈照影夜猶孤。看來如夢復如幻，未審此身得似無。

四、眼界空華假復眞，花花葉葉浮無塵。千秋〈琴操〉猶餘調，半是騷人現化身。

〔註13〕〔清〕《寫韻樓詩集》，道光十二年刊本，卷四，頁6～7。（同註8，轉引自范景中輯，《柳如是事輯》，頁256～257）

五、翻風解作〈前溪舞〉，泣露猶聞〈子夜歌〉。一片幽懷誰領略，託根無地奈渠何。

六、不共青芝石上栽，肯容荊棘與莓苔。根曲淨洗無塵土，好待東風送雨來。

七、泣露啼煙三兩枝，寫來眞作斷腸辭。懷香老去憑誰惜，獨抱奇姿只自知。

八、閒評爭說所南翁，向後人文半已空。莫訝豪偷花葉減，怕它筆墨惱春風。

九、晚窗夢醒繫相思，靜對瀟湘九畹姿。世眼大都看色相，枝頭何不點燕支。

十、嬾踏長安九陌塵，獨憐空谷十分春。豪端畫破虛空界，相見臨池妙入神。

詩末並記：「丙戌（1826）三月既望，偶檢閱顧夫人所寫墨蘭一葉，清妍秀潤，綽約有林下風，眞堪什襲藏也。率題數絕，以識景仰。如是並跋。」柳如是爲顧橫波的蘭葉畫作題詩，吳瓊仙復爲柳如是之題詠和韻，詠墨和韻，畫內香草，畫外美人，合而爲一。實不止相互談論畫上香草，亦是寫如是美人報國之心！

（四）屈秉筠

屈秉筠，字宛仙，嘉慶間江蘇常熟人。趙同鈺妻，著有《韞玉樓詩》。她與夫壻皆工詩詞，閨房之內，琴鳴瑟應。袁枚比之「鷗波眷屬」（鷗波館爲元代趙孟頫、管道昇夫婦所居）。她嘗與人論詩曰：「詩之爲道，以不著議論，自抒情感爲工。」試看其〈陳雲伯大令重修河東君墓紀事・和韻〉四首：

一、絳雲仙姥返瑤都，蘭逕深埋玉雪膚。青冢便營江令宅，碧波如對女墳湖。生能衛主同藍姐，恐不忘劉是寵奴。料得貞魂爲柳宿，不隨飛絮落平蕪。

二、當年琴語悅相如，巾帶風流晉謁餘。蜀府文章充記室，王家政事有尚書。耦耕車挽銜花鹿，讚佛香消蠹字魚。小劫華嚴眞艸艸，可憐華屋改幽墟。

三、艸長茶蘼土盡香，詞人爭弔柳枝娘。更無鸚鵡啣紅豆，但有烏鴉噪白楊。故國已迷桃葉渡，殘山猶說午橋莊。孤墳相對巖西路，恰有門生是國殤。瞿留守墓在拂水巖西。

四、綠窗勸死語殷勤，抵得文山生祭文。慷慨殉君無白髮，從容報主有青裙。墜樓事競誇梁媛，投閣人猶惜子雲。弔罷西冷憶東澗，秋槐何處認荒墳！〔註14〕

「瞿留守墓在拂水巖西。」指的是明末抗清忠臣瞿式耜，「孤墳相對巖西路，恰有門生是國殤。」屈秉筠相當看重柳如是的報國大業，所以才推許「詞人爭弔柳枝娘」！另，屈秉筠在〈柳如是小鏡〉則云：

想見柳枝孃，璇閨伴曉妝。紅顏同妾命，白髮畫眉郎。祇惜清矑俊，曾無照膽光。滄桑親閱遍，徑寸尚輝煌。〔註15〕

睹物思人，爲其嗟歎以柳之聰明竟無以識人肝膽，看透白髮張敞的錢謙益怯於殉明。不過，柳如是之生命卻一如閱歷人世幾遍的鏡子，尙輝煌地泛著光彩。眞如孔尚任所云：「帝基不存，權奸安在？惟美人之血痕，扇面之桃花，嘖嘖在口，歷歷在目……。」〔註16〕

鍾慧玲在〈陳文述與碧城仙館女弟子的文學活動〉一文〔註17〕中考察碧城女弟子多爲江南仕女；而袁枚隨園女弟子流風未遠，如歸懋儀、騎綺蘭、席佩蘭、屈秉筠等都與陳文述有所往來，如上所論，其交集在「重修河東君墓」這件事上，龔凝祚〈西泠閨詠序〉即言：

〔雲伯〕攝篆琴河，地有虞山尚湖之勝。虞山，虞仲之所葬也；尚湖，相傳爲尚父隱處，又子游故里也。李虎觀、孫子瀟皆京師舊交，孫古雲、查梅史、高爽泉、朱素人咸來僑寓，得數晨夕。

河東君墓淹沒久矣。君訪得於拂水山莊遺址，爲修復立石。梅史譔銘，子瀟作記，爽泉書丹，吳竹虛爲圖，曼生題卷首曰「蘼蕪香影」，琴河女士席道華、屈宛仙、鮑尊古爲詩紀事。鴛湖女士謝翠霞詩所云：「誰似風流陳伯玉，政餘親埽女兒墳。」紀實也。〔註18〕

〔註14〕〈和韻〉收於〔清〕席佩蘭《長眞閣集》，光緒辛卯重刊本，卷六，頁16～18。（同註8，轉引自范景中輯，《柳如是事輯》，頁283～284）

〔註15〕〔清〕《韞玉樓詩》，嘉慶辛未集芙蓉室刊本，卷四，頁17。（同註8，轉引自范景中輯，《柳如是事輯》，頁210）

〔註16〕〔清〕孔尚任，《桃花扇・桃花扇小識》（臺北：里仁書局，1996年10月15日初版），頁3。

〔註17〕鍾慧玲，〈陳文述與碧城仙館女弟子的文學活動〉，《清代女作家專題——吳藻及其相關文學活動研究》（臺北：樂學書局，2001年9月）。

〔註18〕見〔清〕陳文述撰《西泠閨詠》，丁丙輯《武林掌故叢編》第九集，光緒十三年刊本，頁3。（同註8，轉引自范景中輯，《柳如是事輯》，頁124）

這段文字也說明柳如是的墓地荒廢已久，經由有心人士陳文述發起的修墓立碑盛事，並發動相識文友共襄盛舉、賦詩題詠，整個盛況就如謝翠霞詩中所描繪之景「誰似風流陳伯玉，政餘親埽女兒墳」。詩家之所以願意參與這件文壇雅事，背後的支撐力量都是肯定柳如是的「慷慨殉君」，「從容報主」的女裙釵啊！

（五）謝翠霞

上序所提及的謝翠霞，她有〈陳雲伯大令重修河東君墓紀事〉四首和韻詩：

一、楊柳當年態麗都，膚如郎髮髮如膚。遠山眉入相如傳，望海魂依尚父湖。暗用齊女事。玉墮井中酬故主，珠飛樓角報齊奴。貞心合化紅心艸，二月東風繡綠蕪。

二、竺西瓶佛證如如，耦隱東山浩劫餘。宛若眞堪爲小婦，彥回仍未作中書。春莊紅豆連枝樹，秋水霜鱗比目魚。三尺香泥埋玉在，胎仙樓閣已邱墟。

三、風起花飛隔岸香，一抔遙對十三娘。河陽山有〔唐〕李十三娘墓。空勞燕子悲青冢，可有梅魂語綠楊？君〈寒柳詞〉云：「待約箇梅魂，黃昏月淡，與伊深憐細語。」松柏尚遮蘇小路，芙蓉休問晉公莊。券臺寂寞誰澆酒？桂醑相攜酌桂殤。君有〈釀花酒酌桂郎〉詩。桂郎，君家孫，早殤。

四、曹碑重樹護殷勤，普月呈花絕絕文。此日苔封圓石鏡，當年柳舞鬱金裙。飛觴爲薦西巖乳，墓後有甘泉，榜曰「蘼蕪」。翦紙同招北渚雲。誰似風流陳伯玉，政餘親埽女兒墳。〔註 19〕

「誰似風流陳伯玉，政餘親埽女兒墳。」早就是陳文述對於女性才華的愛惜與具體實踐。仕宦所經之處，在金陵修張麗華、孔貴嬪墓，於揚州修袁寶兒墓，於梁溪修卞玉京墓，在吳門擬修吳宮勝玉、紫玉墓，雖然最盛大的是爲西湖三女士馮小青、楊雲友、菊香建祠徵詩成《蘭因集》。

然而，相對於柳墓先前的荒廢失修寂寥，謝翠霞的描述是「三尺香泥埋玉在，胎仙樓閣已邱墟」，感慨的是「空勞燕子悲青冢，可有梅魂語綠楊」，

〔註 19〕〔清〕附於席佩蘭《長眞閣集》，光緒辛卯重刊本，卷六，頁 16～18。（同註 8，轉引自范景中輯，《柳如是事輯》，頁 284～285）

最重要的是與柳如是生前之麗都風流情事，直如天壤，難怪重修柳墓一事，共鳴若此。

（六）汪端

陳文述之媳汪端（1793～1838）字允莊，一字小韞，浙江錢塘人。生於乾隆五十八年，卒於道光十八年，年四十六。出身書香仕宦之家，父汪瑜為布政司經歷候選大理寺寺丞。父母早卒，由姨母梁德繩撫養成人，梁德繩亦為當時名媛才女，有詩集傳世。汪端聰穎好學，七歲即能作詩，十八歲嫁陳文述之子陳裴之，夫婦唱和，一門風雅。陳裴之初仕通判，奉旨留江蘇補用，後又改派雲南，客死漢皋。汪端遭逢劇變，潛心修道，誦經禮懺。著有《自然好學齋詩鈔》十卷，並編《明三十家詩選》。汪端對柳如是的題詠甚多，如〈題蘼蕪香影圖後・四首〉：

> 一、黃土何年葬綠珠？落紅香絮繡平蕪。留仙館圮辭春燕，花信樓空泣夜烏。縞袂偷生殊阿紀，玉顏殉主有清娛，尚書若解捐簪黻，應共垂竿老尚湖。
>
> 二、堂開半野足風流，墨妙茶香麗句留，綺閣新妝評玉蕊，虞山有《玉蕊軒記》。畫簾春雨寫銀鉤。捐軀世競誇毛惜，忍死人猶歎沈侯。地下未忘家國恨，月明還共七姬遊。
>
> 三、北里妝成舊擅名，南都羅綺盡銷沉，金丸影散黃華卷，貝葉香埋錦樹林。慷慨獨君完大節，蒼涼有冢傍遙岑，何時徑泛琴河棹，拂水橋西結伴尋。
>
> 四、鳴琴初暇正殘春，攜酒禺陽酹夕曛，夜雨久荒江令宅，豐碑垂勒褚公文。夢中環佩留新詠，畫裏湖山冷暮雲，不數西菴當日事，秋宵憑弔子霞墳。事見本事詩，子霞，朝雲字。〔註20〕

這組詩前有序：「庚午春日，翁大人攝篆琴河，訪得河東君墓于虞山之麓，即拂水山莊故址也，為加封植，并立石碣以表之，事載《頤道堂文集》，江左士女，多有題詠，因成四律。」值得我們注意的便是「江左士女，多有題詠」，這件詩壇盛況展露的意義在於柳如是在女性心中的典範已然樹立。也因此，汪端對柳如是的畫像，共有八首題詠作品。在〈又題河東君小像〉七律一首：

〔註20〕〔清〕《自然好學齋詩鈔》，光緒十六年冒氏如不及齋刊《林下雅音集》叢書本，卷二，頁15～16。（同註8，轉引自范景中輯，《柳如是事輯》，頁198～199）

紅粉成灰證四禪，衣冠妹嘉掌書仙。耦耕花落滄桑後，半野芸香劫火前。不羨張穠膺紫誥，穠，南宋張俊妾，封夫人。豈輸葛嫩殉黃泉。事見《板橋雜記》。玉兒完節東陽媿，末路才人亦可憐。〔註21〕

「不羨張穠膺紫誥，豈輸葛嫩殉黃泉。」張穠是南宋張俊的妾，後封夫人，但柳如是卻不像南宋的張穠能夠獲封；而葛嫩娘率軍抗清兵而殉明，柳如是更能與之相較，此處推崇的是柳如是能全節盡禮，更用「不羨」、「豈輸」以襯柳如是的作為與人格。關於「末路才人」，汪端另有「憐」意，所以可看〈又，前詩意有未盡，更題三絕〉：

一、蘼蕪琴水留香塚，蘭繭瑤篇賸我聞，賴有玉臺勤護惜，謂蓮因女士。春風小影美人雲。

二、嬋娟閨集費搜羅，翠羽蘭膏指摘多。河東佐選《明詩閨集》，於徐小淑、梁小玉、許景樊、小青等多寓譏貶，非篤論也。冷雨幽窗圖倩影，愛才終讓顧橫波。橫波嘗寫小青小像。

三、月堤煙柳又飛花，河東有〈月堤煙柳〉畫卷。本事詩成感夢華。影散紫珍苔繡碧，河東妝鏡落誰家。舒鐵雲有〈河東妝鏡曲〉。〔註22〕

此處汪端對柳如是提出質疑意見：「河東佐選《明詩閨集》，於徐小淑、梁小玉、許景樊、小青等多寓譏貶，非篤論也。」站在愛才、憐才的角度，她並不認同柳如是對女性作家的批評論述。另外，則對柳如是的鏡子、畫，各有吟詠，如〈題又村姪所藏河東君粧鏡〉：

誰鑄盤龍鏡？「蘼蕪」小字留。鬟花紅豆子，眉翠絳雲樓。金粉痕難泯，滄桑影易愁。男裝應亦好，烏帽寫風流。

女子臨鏡總有「歲月不饒人」之歎，對影徒感滄桑，幸得曾有女扮男裝之舉，寫下了幅巾的風流貌。再如〈題河東君《月隄煙柳》畫卷〉二首〔註23〕：

一、畫裏紅闌翠袖憑，百年零落舊丹青。分明花月滄桑錄，柳宿光中賸一星。《花月滄桑錄》，家翁所輯，皆明季宮閨人物遺事。

〔註21〕〔清〕《自然好學齋詩鈔》卷七，頁12。（同註8，轉引自范景中輯，《柳如是事輯》，頁173）

〔註22〕〔清〕《自然好學齋詩鈔》卷七，頁13。（同註8，轉引自范景中輯，《柳如是事輯》，頁174）

〔註23〕〔清〕《自然好學齋詩鈔》，光緒十六年冒氏如不及齋刊《林下雅音集》叢書本，卷九，頁16。（同註8，轉引自范景中輯，《柳如是事輯》，頁254）

二、小青樓閣入斜曛，雙玉祠堂罨暮雲。一角春山半湖水，琴河還有柳孃墳。家翁脩勝玉、紫玉墓於虎邱，脩菊香、小青、楊雲友墓於西湖，河東君墓，亦宰常熟訪得重脩。〔註24〕

對鏡會有「滄桑」之感，筆鋒一轉，又提及柳如是男裝意象，但是不管面對的遺物（鏡子或畫軸），都產生「百年零落」之悼，僅剩墓碑一角，這眞是習史者的滄海桑田之歎。汪端著有《自然好學齋詩鈔》十卷，詩凡千餘首，作品豐富，清代閨秀難有能出其右者，其詩內容以詠史懷古爲主，在技巧表現上，運用大量典故，形成作品最大特色，此與其精嫻史事有密切關係。〔註25〕

（七）辛絲

碧城仙館女弟子辛絲，字瑟嬋，山西太原人，有《瘦雲館詩》，其〈半野堂懷古〉云：

虞山碧翠暮雲中，一代聲華惜此翁。家國滄桑奈何帝，文章細碎可憐蟲。功名庾信空多感，詩品鍾嶸亦未公。兒女英雄要遭際，蛾眉可惜柳河東。〔註26〕

首聯直指虞山錢謙益的一代文宗的聲華盡失，頷聯言其敗筆在「家國滄桑」的江山易主，變節之失，連文章都不忍卒讀，嘲爲「文章細碎可憐蟲」，頸聯「空多感」、「亦未公」更是直接對「功名」兩字的喟歎，末聯「蛾眉可憐柳河東」一句，讀來亦無限噓唏，再叱吒風雲的兒女英雄，遇到天崩地解的朝代替換，若不能像柳如是的堅持報國，一切的可惜盡在不言中。

（八）管筠

陳文述的妾管筠，有小青後身之說〔註27〕。同樣有〈碧城主人攝篆琴河，訪河東君墓於尚湖之濱。既修復之，立碑石焉。諸女士賦詩紀事，奉和四首〉：

一、絕代蛾眉冠舊都，雲霞意氣雪肌膚。豔情花月題三閣，歸計煙波泛五湖。宰相無心歸赤帝，麗華有血殉黃奴。可憐江令重來日，東澗荒涼賸綠蕪。

〔註24〕〔清〕《自然好學齋詩鈔》，光緒十年冒氏如不及齋刊《林下雅音集》叢書本，卷九，頁9。（同註8，轉引自范景中輯，《柳如是事輯》，頁221～222）

〔註25〕參見鍾慧玲對汪端的討論，《清代女詩人研究》（臺北：里仁書局，2000年12月），頁459～491。

〔註26〕錄自葛昌楣《蘼蕪紀聞》。（同註8，轉引自范景中輯，《柳如是事輯》，頁318）

〔註27〕同註17，頁206，註39之引文：「管筠詩自注云：『家慈夢大士攜青衣垂髫女子，持雙頭蓮花而生余，說者以小青後身解之』，見《蘭因集》卷下，頁13。」

二、絳雲樓閣問何如，紅豆花殘劫火餘。小傳列朝詩世界，大名高隱女尚書。桃花影薄飛春燕，芸葉香銷冷蠹魚。一樣月隄煙柳意，分明麥秀愴遺墟。

三、紫徑幽香泣夢蘭，也同油壁弔蘇娘。雲容入地留青冢，紅粉成灰況白楊。葉落苔枯新墓碣，天荒地老舊山莊。使君別有題碑意，爲惜貞魂似國殤。

四、蕊宮花史意殷勤，幼婦新詞絕妙文。埋玉林深消綺障，踏青人去弔羅裙。眉樓曲斷吟春月，錦樹林荒隔暮雲。爭似尚湖湖畔路，蘼蕪香土表孤墳。〔註28〕

第一首直接肯定柳如是的「絕代蛾眉」，但是碰到丈夫錢謙益「無心歸赤帝」時，便只能歎其「可憐」，末句「東澗荒涼賸綠蕪」是寫景，也是褒貶！第二首「小傳列朝詩世界，大名高隱女尚書。」頗可看出女性的胸襟與抱負，也肯定柳如是的編輯事業。末句的「分明麥秀愴遺墟」與第三首末句的「爲惜貞魂似國殤」，都點出柳如是報國志業的評價，就算天荒地老，墓碣會重「新」立起，喚起人們的崇敬！

（九）文靜玉

文靜玉亦爲陳文述的妾，有一首〈蘼蕪香影曲〉：

蘼蕪香滿蘼燕塚，虞山曉翠春雲擁。香名一代柳河東，落花吹遍紅簫隴。月地花天幾度游，琴河初起絳雲樓。滄桑花月人天劫，爭及虞家有莫愁。月隄煙柳春痕薄，吾谷間登秋水閣。東山無復耦耕人，紅豆花繁自開落。碧城仙吏最多情，惜玉憐香過一生。重訪峨眉埋玉地，勝他簫鼓葬傾城。黃絹詞工碑石冷，鷗波解寫嬋娟影。踏青遮莫踏蘼蕪，恐驚地下春魂醒。〔註29〕

首句介紹柳如是墓塚的景色及意境，全詩重點是歌頌夫壻陳文述「碧城仙吏最多情，惜玉憐香過一生。」而〈題河東君《月隄煙柳》畫卷〉（參見圖片頁13）則云：

隱隱長隄隔暝煙，卷中點筆定何年。前朝楊柳前朝月，重展生綃定泫然。

〔註28〕胡文楷輯《柳如是集》題詠卷，手稿本，無頁次。（同註8，轉引自范景中輯，《柳如是事輯》，頁285～286）

〔註29〕《小停雲館詩鈔》，道光刊本，頁5。（同註8，轉引自范景中輯，《柳如是事輯》，頁197～198）

香塚蘼蕪一角存，夕陽凝望最銷魂。靈芬解得靈均意，紅粉從來不負恩。靈芬館蘼蕪塚句。〔註 30〕

末聯的「靈芬解得靈均意，紅粉從來不負恩」頗值玩味，夕陽餘暉中，地上地下兩女子寂然凝望，想的又是什麼？兩首並看，肯定柳如是的「香名一代」，但是碰到「滄桑花月人天劫」時，也只能「紅豆花繁自開落」，文靜玉顯然不願驚動柳如是之魂，所以會小心提醒遊人「踏青遮莫踏蘼蕪」，而她也只是默默「凝望」，在「不負恩」中堅持女子的報國志業。

（十）王貞儀

另外，更早於碧城女眷文學活動的王貞儀（1768～1797），乾隆時江蘇江寧人。她是個著作豐富的女數學家與天文學家，兼擅文學，並能騎馬射箭，跨馬橫戟，往來若飛。徐乃昌所刻《小檀欒室彙刻閨秀詞》中說王貞儀是宣化知府王者輔孫女、錫琛女、宣城詹牧室。記誦淵貫，精通梅文鼎天算之學，著有《術算簡存》五卷、《星象圖釋》二卷、《籌算易知》、《西洋籌算》、《女蒙拾誦》、《沈痾囈語》、《象數窺餘》及《文選詩賦參評》十卷、《德風亭初集》十四卷、二集六卷、《繡帙餘箋》十卷。她在〈沁園春・題柳如是像〉〔註 31〕一詞概括了柳如是的一生：

彼美人兮，河東舊氏，名姓爭傳。問底事蛾眉，愛才念切；改裝巾幘，擇士心堅。翠袖相投，紅裙難認，老去尚書已可憐。休記取，恁茸城詩句，久地長天。　　只今回首當年。驀京口扁舟桴鼓闐。更不較顧娘，泥塗容面；羞他卞女，淚灑蘭牋。道服隨身，青絲畢命，含笑章臺質獨捐。尤堪歎，便平康如許，若個名全。

上片說柳氏雖出身青樓，但「擇士心堅」，定要嫁名士，終於擇壻錢謙益。「恁茸城詩句」指柳如是所愛者卻是陳子龍，「久地長天」更說明柳與陳的愛情是永恆的，她在陳殉明之後，繼續抗清。下片稱讚柳氏抗清復明之思想與行爲。她與顧橫波、卞玉京都是通文墨的名妓，但是柳如是的忠義卻與她們截然不同，且柳如是終於——「青絲畢命」、「若個名全」，亦勝於其夫錢謙益。

〔註 30〕〔清〕《小停雲館詩鈔》，道光刊本，頁 18～19。（同註 8，轉引自范景中輯，《柳如是事輯》，頁 253～254）

〔註 31〕《德風亭初集》，民國 3 年至 5 年上元蔣氏愼修書屋排印《金陵叢書》本，丁集，卷十三，頁 8。

（十一）張英玉

同樣的感歎，當代的張英玉（1910～1967）詠歎〈柳如是〉云：

> 紅蓮出水柳如是，處士何堪慰美姬。謙益不能爲國死，殉夫有愧玉嬌姿。〔註32〕

若從「才」／「德」兩類觀看，通常考評柳如是的「量尺」是她的「妓女身分」，所以會說「紅蓮山水」而不染。柳如是的「才」，在她的詩詞中亦不乏有身世滄桑之感；但柳如是在「德」的範疇中，樹立民族氣節的風範，這才是留名青史的最大要素。

三、男性思維的凝視——然脂猶想柳前春

鼎革之際的男性知識分子，在政治上拘於高壓、威權體制，遺民的反抗力量無法凝聚，反而在「生／死」與「身分認同」的問題上徘徊不前。而柳如是卻以其孤軍單薄之力，作出許多不懈的搏擊，從而構成了一組多元、多層次、多角度且色彩斑斕的圖像，亦留給大家不同的凝視空間。底下依時代先後（清代中葉至民初），擇取五位男性文人的題詠作品分析之。

（一）吳錫麒

清代中葉嘉慶年間吳錫麒（1746～1818），以一位青樓文學的讀者，在下列這篇序文中，恰好爲明末清初情色書寫，展示了一段疏離、懺悔與徹悟的閱讀過程：

> 此梅鼎祚《青泥蓮花記》、余懷《板橋雜記》之續也。然而煙花之緣，拾自隋遺教坊之記，昉於唐作，一則見收於史，一則并附於經，似乎結想螓蛾，馳音桑濮，偶然陶寫，何礙風雅？若夫僕者，綺語之債，已懺于心，縮屋之貞，可信于友。……貴賤何常，作飛花墜地之觀……遊戲之文章作幻泡之譬喻。當此風花易過，水月重來……即色即空，我聞如是而已。

吳錫麒將梅鼎祚的《青泥蓮花記》、余懷《板橋雜記》抬高到與經史同榜的地位，再提出情色文學更具有穿越情欲／超脫世俗等紅塵體驗的特質，進一步連結到由色悟空的佛教教示，文學的閱讀一樣可以達到宗教解悟的境界〔註33〕。他對柳如是有如下這闋詞〈如此江山・題河東君小像〉：

〔註32〕《歷代名媛百詠》（北京：測繪出版社，1993年6月），頁126～127。

〔註33〕青樓歌妓甚至成爲文人寄寓的替身，明末梅鼎祚著《青泥蓮花記》，替女人

茫茫留得飄餘絮，堪憐者般身世。雪欲飛時，煙高冷處，才識尚書門第。紅樓畫裏。認家令南朝，黨人北寺。記效綢繆，春風相對幾眠起。　　鉛華應已洗淨。只虞山新翠，微映眉際。高簇危巾，徐揚侈袂，莫羨兒家俠氣。桃花扇底。也不惜嬌魂，肯拚生死。家國誰人，一池餘恨水。〔註 34〕

首句的茫茫飄起，已點出如是姓氏，身世堪憐，好不容易擇壻爲尚書夫人，卻又碰上天塌地陷的改朝換代。詞的上闋展現柳如是的一生志業，而下闋說明柳如是洗盡鉛華，卻在「家」與「國」之間，空留一池餘恨水，「生」與「死」問題的抉擇實在令人惆悵。

（二）鄧邦述

另外，參看鄧邦述的〈浣溪沙〉詞二闋〔註 35〕：

霧鬢風鬟畫不如，相逢陌上貌應殊，幅巾瀟灑稱今吾。

舊日簾櫳餘拂水，當年襦柙沒荒蕪，絳雲樓閣有還無。

晚節何期屬美人，眉樓芳黛定含顰，漫言柳絮竟成塵？

詞客逡巡年已老，墨華旖旎句常新，追尋往事總傷神。

更值得注意的是詞後所記：

博明先生以李文石舊藏朱野雲所繪柳如是幅巾小象屬題。昔客武昌，與文石朝夕相稔，曾見此幅，並慫雪庵臨一副本。今乃重見，而文石、雪庵俱成故人。題句中西蠡實父，墓有宿草，不禁人琴之感矣。

戊辰十月　江寧鄧邦述　孝先詩詞

鄧邦述，字孝先，號正闇。先世壽州人，清初其遠祖名旭，字元昭者，好藏書，移居上元，遂爲江寧人。曾祖廷楨，字嶰筠，官兩廣總督時，適鴉片戰

寫列傳，每則傳記後有「女史氏曰」，這位化身爲女史，替女人寫歷史的梅鼎祚，隱含了雙性的意涵。男性以換裝的姿態擬女人參與寫作，十分詭異，其中不免有自身投射在內，梅鼎祚躲在文字後面，隱身爲「女史」，彷彿是要救贖這些悲情的歌妓，卻也是對自己的救贖。轉引自見毛文芳，《物・性別・觀看——明末清初文化書寫新探》（臺北：學生書局，2001 年 12 月），頁 495。

〔註 34〕錄自袁瑛輯《我聞室賸稿》。轉引自谷輝之輯，《柳如是詩文集》（上海：上海古籍出版社，2000 年 10 月），頁 275。

〔註 35〕本詞錄自康來新教授所藏「河東君小像」原件之題詠，參見圖片頁 52：題詠十四。

爭起，曾擊退英兵。邦述爲光緒廿四年進士，改翰林院編修，曾遊歷歐美，宣統間，任官吉林。民國初年曾任清史館纂修。年廿二時，就婚於常熟趙烈文之女，得讀天放樓所藏書。又曾遊於湎陽端方幕中，故邃於考訂鑒別之學。這位常熟的女壻對柳如是的「幅巾」讚其瀟灑，肯定「晚節」之名歸柳而不歸錢，但整首詞最大的感歎在物是人非的「人琴之感矣」。

（三）翁同龢

上文第二部分已討論籍貫常熟的席佩蘭、歸懋儀、屈秉筠三女子對如是的評價，此處再來檢視來自同樣鄉里的男子——翁同龢對柳如是的看法。

翁同龢（1830～1904）字叔平，號松禪，晚號瓶庵居士。江蘇常熟人。咸豐六年（1856）狀元，官至協辦大學士。甲午中日戰爭時，反對李鴻章求和。因支持戊戌變法被慈禧太后罷職。詩文簡重有度，又精於書法、繪畫。有《瓶庵詩稿》等。他曾在京師見河東君狂草楹帖，奇氣滿紙，見僞跡，憤而寫下〈客以河東君畫見示，僞跡也，題尤不倫，戲臨四葉漫題〉：

> 纖腕拓銀鉤，曾將妙跡收。在京師曾見河東君狂草楹帖，奇氣滿紙。
> 可憐花外路，不是絳雲樓。〔註36〕

不過，關於柳如是的書法作品，無論眞跡或僞作（可參見圖片頁 2、7～9），陳寅恪倒是都加以肯定：

> 不僅詩餘，河東君之書法，復非牧齋所能及。〔註37〕（《柳如是別傳》，頁 14）
>
> 當日河東君在輩諸名姝中，特以書法著稱。……牧齋〈觀美人手跡〉七詩，已足證知。
>
> 翁氏乃近世之賞鑒家，尤以能書名，其言如此，則河東君之書爲同時人所心折，要非無因，而「狂草」、「奇氣」足想見其爲人矣。〔註38〕

陳寅恪從「時人心折」的書法來證明柳如是的人格氣節，實是另闢蹊徑。而翁同龢本人的個性既是「簡重有度，又精於書法、繪畫」，這種耿介性格怎能忍受見到柳如是畫作「僞跡」的存在？所以詩中感慨「可憐花外路，不是絳雲樓」，更思及佳人之氣之奇，對柳如是人格的肯定不在話下。

〔註36〕《瓶廬詩稿》柒，光緒己未刊本，卷七，頁 1。
〔註37〕參見陳寅恪，《柳如是別傳》（北京：生活・讀書・新知，三聯書店，2001 年 1 月），頁 14。
〔註38〕同前註，頁 67。

（四）吳梅

另外，值得注意的是「南社」社名運用《左傳》中所記載的鍾儀被囚猶彈奏楚國南音的一則故，藉以宣喻「南社」命名的反清性質——所謂「鍾儀操南音，不忘本也。」陳去病在《南社長沙雅集紀事》中亦云：「南者，對北而言，寓不向滿清之意。」）這是辛亥革命前後的一個以文章相砥礪、以氣節相標榜、以詩歌相酬唱的著名革命文學團體。南社作爲一個由傳統文人演化而來的具有種族革命思想的特定人群組織的進步團體，在列強環伺、風雨如晦的近代中國，無疑堪稱一支高擎民族復興火炬的勁旅。但從他們的思維模式、知識結構、文化文態、行爲系統、價值取向、精神氣質、生活方式來看，又始終未脫傳統文化桎梏的痕跡，無怪乎當時便有人將南社社員視爲「一班明末的遺老」——每個社員都西裝革履，醉心西學，另一方面又恰恰表現出最濃厚的中國傳統的「才子氣」與「名士風」。

南社社員大都爲飽學之士，舊學頗有根柢，不少人堪稱「國學大師」。在他們的自傳文字中，幾乎無不述及幼年浸淫於傳統文化的經歷，如柳亞子的〈五十七年〉、鄒秋士的〈悔悔生自傳〉。這種「根文化」對南社社員的人生態度、價值觀念、精神旨趣、思維方式的形成以及美感經驗指向的生成、遞送所起的規範誘發作用是不可忽略的。

南社之籌備工作始自一九○七年，這一年可謂我國近代史上的「多事之秋」：徐錫麟在安慶謀刺恩銘，秋瑾於紹興就義，楊卓霖遇害，潮洲黃岡、惠州起義先後受挫，黃興兩番進攻欽、廉一帶，並偕胡漢民襲取廣西鎮南關，亦相繼失敗……，這一系列事件對南社的成立起到重要的推動作用。爲紀念秋瑾，陳去病擬在上海召開追悼會，激勵革命黨人「前仆後繼」，戮力反清，惜未果！爲進一步聯絡被迫逃亡，星散四方的革命黨人，陳氏遂與劉三、吳梅等籌組神交社。

吳梅（1884～1939），字瞿安（瞿一作臞，安一作菴或庵），一字靈鳷，晚號霜崖，江蘇長洲（今吳縣）人。他是南社的重要成員，而且爲了「啓民智」、「振民心」，南社詩人非常注重戲劇「運動社會，鼓吹風潮」的藝術感化力量，吳梅之於曲學，正有輝煌建樹。而柳如是的氣節與南社所標榜的精神更有契合之處，值得注意的是吳梅〈浣溪沙〉二闋〔註39〕：

〔註39〕本詞文句錄自康來新教授所藏河東君小像之題詠（參見本書圖片頁42：題詠二），而《霜崖詞錄》，民國三十一年文通書局排印本，頁12則載：

儒雅風流一俊人，墨華凝碧濺羅裙，玉簫吹徹鳳樓春。

東海幾經龍漢劫，旌心白水是前因，雙棲海燕又黃昏。

憔悴孤花一病身，朱顏綠髮紫綸巾，南冠死別累君頻。

風月重窺新柳眼，落花細雨正佳晨，崔徽可是卷中人？

博明吾兄正　集牧齋詩　戊辰九月　吳梅　老瞿

崔徽乃唐代河中倡女，裴敬中幕使河中，曾與之交往數月。敬中使還，徽不能從。數月後徽自我寫眞，寄贈敬中，並謂一旦不如卷中人，即己爲君死之期。吳梅凝視柳如是的畫像，興起「崔徽可是卷中人？」之歎。可與下闋作品合讀，即〈眉嫵．河東君妝鏡，偕曹君直元忠作〉〔註40〕：

嘆秦淮秋老，杜曲門荒，金粉半塵土。定有驚鴻態，妝成後、熏香初試纖步。翠鸞漫舞，賸黛痕、磨盡今古。更淒感、一樣臨池裏，當如是觀否？　　枯樹。蘭成心苦。早澗東人遠，巾帽非故。零落滄桑影，銅仙淚、知他經飽風露。歲華細數，對半規、重想眉嫵。怕蕉萃菱花，還不許，絳雲駐。

曹君直（1865～1923），名元忠，號君直，江蘇吳縣（今蘇州）人。終身執教，藏書頗多，是當時蘇州著名的藏書家之一。吳梅能「對半規、重想眉嫵」應是和曹君直都見到妝鏡實物。臨鏡思人，歎其秦淮美姝，在春去秋來時序更迭中年華老去，就算是唐代的豪族大宅也終會嘗到門前冷落馬稀的荒涼，更何況佳麗地早經戰火風塵的洗禮。在「磨盡今古」的「淒感」、「零落滄桑」，映照的是自我的憔悴形貌，漫舞的翠鸞，注定在鏡前撞死，鏡外的美人注定漸漸不如卷中的崔徽，但這一切都不足阻擋文人重想，足見想像力可以使人不朽，眉爲之重撫。不亦說明了柳如是如不老之絳雲仙姹，常駐古今男人，甚至女人心中、眉下！

（五）陳寅恪

對柳如是一生禮之、贊之、題之、詠之最多的人，應該是國學大師陳寅恪，若非陳寅恪之宏論，以八十萬字的篇幅，三大冊的《柳如是別傳》來重塑柳如是「不世出之奇女子」形象，建立起「僞名儒不如眞名妓」的觀念，否則柳如是恐怕只是秦淮豔妓而已。陳寅恪尤其對柳如是的〈金明池．詠寒柳〉推崇備至，連詠詩都再三提及爲「詠柳風流人第一」：

〈浣溪沙．河東君小象集牧齋詩〉：「梅子黃時晝閉門，朱顏綠髮紫綸巾，虛窗燈火勘窮塵。絳淺黃輕呈國色，落花細雨正佳晨，崔徽可是卷中人？」

〔註40〕《霜崖詞錄》，民國三十一年文通書局排印本，頁2。

弓鞋逢掖訪江潭。奇服何妨戲作男。詠柳風流人第一，河東君〈金明池·詠寒柳詞〉有句云：「念疇昔風流，暗傷如許。」非用謝道蘊詠絮事。畫眉時候月初三。河東君於崇禎十三年十二月二日入居牧齋新建之我聞室。李笠翁「意中緣」劇中，黃天監以「畫眉」爲「畫梅」。若從其言，則屬對更工切矣。一笑！東山小草今休比，南國名花老再探。牧齋於萬曆三十八年庚戌廷試以第三人及第，時年二十九歲。至崇禎十三年庚辰遇河東君時，年已五十九歲矣。好影育長終脈脈，見《世說新語》紕漏類。興亡遺恨向誰談。

岱嶽鴻毛說死生。當年悲憤未能平。佳人誰惜人難得，故國還憐國早傾。柳絮有情餘自媚，桃花無氣欲何成。楊妃評泊然脂夜，流恨師涓枕畔聲。

佛土文殊亦化塵。如何猶寫散花身。白楊幾換墳前樹，紅豆長留世上春。天壤茫茫原負汝，海桑渺渺更愁人。衰殘敢議千秋事，賸詠崔徽畫裏眞。〔註41〕

首句的「弓鞋逢掖訪江潭」就點出「河東君初訪半野堂小影」的風貌，而「奇服何妨戲作男」也肯定她這次大膽的行徑，佩服柳如是的文采，言爲第一！但最重要的還是「興亡遺恨」之歎！「楊妃評泊然脂夜」中的「然脂」一詞，陳寅恪詩中屢屢提及，可見油盡燈枯，中宵獨立，學者仍矻矻皓首窮經之貌。如〈箋釋錢柳因緣詩，完稿無期，黃毓祺案復有疑滯，感賦一詩〉：

然脂瞑寫費搜尋。楚些吳歈感恨深。紅豆有情春欲晚，黃扉無命陸終沉。機雲逝後英靈改，蘭蕚來時麗藻存。拈出南冠一公案，可容遲暮細參論。〔註42〕

又再提「然脂瞑寫費搜尋」的辛勞，〈丙申五月六十七歲生日，曉瑩於市樓置酒，賦此奉謝〉亦同：

紅雲碧海映重樓。初度盲翁六七秋。織素心情還置酒，然脂功狀可封侯。時方撰錢柳因緣詩釋證。平生所學惟餘骨，晚歲爲詩笑亂頭。幸得梅花同一笑，嶺南已是八年留。〔註43〕

〔註41〕同註37，《柳如是別傳》。
〔註42〕同前註，頁5。
〔註43〕同前註，頁6。

「然脂功狀可封侯」，這時還慶幸擁有「梅花一笑」，也就暫時忘卻留守嶺南的八年。不過，才隔一年，〈丁酉陽曆七月三日六十八初度，適在病中，時撰錢柳因緣詩釋證尚未成書，更不知何日可以刊布也，感賦一律〉：

> 生辰病裏轉悠悠。證史箋詩又四秋。老牧淵通難作匹，阿雲格調更無儔。渡江好影花爭豔，填海雄心酒祓愁。珍重承天井中水，人間唯此是安流。〔註44〕

人既生病，書又未竟，一事無成的焦慮，當然會盤算著「證史箋詩又四秋」，果眞能「人間唯此是安流」嗎？在另一首詩〈用前題意再賦一首。年來除從事著述外，稍以小說詞曲遣日，故詩語及之〉中，言明「歲月」之神正倒數計日，只有「餘生」，沒有揮霍的本錢：

> 歲月猶餘幾許存。欲將心事寄閒言。推尋衰柳枯蘭意，刻畫殘山賸水痕。故紙金樓銷白日，新鶯玉茗送黃昏。夷門醇酒知難貰，聊把清歌伴濁樽。〔註45〕

「衰柳枯蘭」成了這時期的基調，生活只能品「濁樽」。到了最後十年，總算書稿有了眉目，〈十年以來繼續草錢柳因緣詩釋證，至癸卯冬，粗告完畢。偶憶項蓮生　鴻祚　云：「不爲無益之事，何以遣有涯之生。」傷哉此語，實爲寅恪言之也。感賦二律〉：

> 一、橫海樓船破浪秋。南風一夕抵瓜洲。石城故壘英雄盡，鐵鎖長江日夜流。惜別漁舟迷去住，封侯閨夢負綢繆。八篇和杜哀吟在，此恨綿綿死未休。
>
> 二、世局終銷病榻魂。謗臺文在未須言。高家門館恩誰報，陸氏莊園業不存。遺屬只餘傳慘恨，著書今與洗煩冤。明清痛史新兼舊，好事何人共討論。〔註46〕）

比對早期立志著述的心情與當下的「哀吟」、「慘恨」、「煩冤」、「痛史」，差別明顯可見。因此重讀〈乙未陽曆元旦作〉的二首：

> 一、紅碧裝盤歲又新。可憐炊竈盡勞薪。太沖嬌女詩書廢，孺仲賢妻藥裏親。食蛤那知天下事，然脂猶想柳前春。河東君次牧翁〈冬日泛舟〉詩云：「春前柳欲窺青眼。」炎方七見梅花笑，惆悵仙源最後身。

〔註44〕同前註，頁6。
〔註45〕同前註，頁6。
〔註46〕同前註，頁6～7。

二、高樓冥想獨徘徊。歌哭無端紙一堆。天壤久銷奇女氣，江關誰省暮年哀。殘編點滴殘山淚，絕命從容絕代才。留得秋潭仙侶曲，陳臥子集中有〈秋潭曲〉，宋讓木集中有〈秋塘曲〉。宋詩更是考證河東君前期事蹟之重要資料。陳、宋兩詩全文見後詳引。人間遺恨總難裁。〔註47〕

或許「然脂猶想柳前春」，方爲陳寅恪一系列「紅妝頌」之作的安慰，也更能貼近柳如是所帶給陳寅恪的生命之初春與喜悅！陳寅恪透過《柳如是別傳》來談論明清之際的社會，以文化角度來閱讀和研索柳如是的一生，感慨天地之間的「奇女氣」久已不見，對於柳如是「絕命從容絕代才」更寄予無限同情。

四、小結

本文涉及討論清代以降的女性文人十一位（席佩蘭、歸懋儀、吳瓊仙、屈秉筠、謝翠霞、汪端、辛絲、管筠、文靜玉、王貞儀、張英玉），男性文人五位（吳錫麒、鄧邦述、翁同龢、吳梅、陳寅恪），他們背後代表的文學閱讀社群則以隨園女弟子、碧城仙館女眷、南社爲中心。綜觀女子心中的柳如是，愛情歸屬與禮教名分雖是大家所關注的焦點，但報國理想能否實現，似乎才是最大的終極關懷，在「殉夫」或「殉明」間，也只有柳如是能「慷慨獨君完大節」（汪端語）。而整體看來，柳如是未歸陳子龍，反而有了迥然不同的人生際遇，這是她的「第一陳」；死後墓地的維修，功勞最大的是陳文述，則爲「第二陳」；而對柳如是一生禮之、贊之、題之、詠之最多的人，應該仍屬陳寅恪了，可謂「第三陳」，所以才會「然脂猶想柳前春」。柳如是能得異代知音如此之眾，亦可謂巾幗奇女子也！

〔註47〕同前註，頁5。

捌、案頭小說與演出劇本
——「再現」柳如是

一、前言

當代文壇與演藝圈以柳如是爲題之小說、影劇甚多，今析爲「男作家八本小說」、「女作家眼中的如是」（寓目十二本之章節細目可參看〈附錄七〉）、「影視播出」、「傳統戲曲」四節討論，因作品多而長，細論幾可另成一本論文，故而採取快讀、重點式討論。

二、當代男作家八本小說

1. 陸拂明，《蘭舟戀：秦淮八艷之一柳如是》（江蘇：江蘇文藝出版社，1987 年 11 月）

本書爲筆者寓目作品中最早的改寫本，起自「大明崇禎四年（1631）初春的一天清晨」（頁 1），迄「鄭成功在金陵之戰失利之後…。五年留下遺囑。」（頁 285）近二十萬字，全書面面俱到，尤其是後到提到鄭成功與望海樓的部分，情節大致依《柳如是別傳》鋪展，但未見有任何回響。

2. 宋詞，《亂世名姬・柳如是》（浙江：江浙文藝出版社，1996 年 10 月）

本書改自陳眉公七十七歲壽辰寫起，即柳如是與李存我、宋轅文、陳子龍結識時節，刪落周道登家事，側重適錢之前生平事蹟，而略於反清復明大業，但仍結於自經榮木樓，凡 276,000 字。

3. 卞敏，《柳如是新傳》（浙江：浙江人民出版社，1997年12月）

《柳如是新傳》起於「嬌楊嫩柳少女淚」，訖於「懸梁自縊恨難消」，凡178,000字。作者卞敏，1949年生於江蘇揚州。中山大學哲學系畢業，繼獲遼寧大學哲學碩士學位，現任江蘇省社會科學院哲學與文化研究所副研究員，江蘇省哲學史與科學史研究會副會長兼秘書長。兼通文史，著有文史哲方面著述多部。他深入鑽研《柳如是別傳》，並參考大量有關資料，含英咀華，取精用宏，經過一年多的努力，撰成《柳如是新傳》。本書名爲「新傳」，據作者在〈後記〉所言：

> 上述三本（按：指石楠女士寫的《寒柳——柳如是傳》，人民文學出版社，一九八八年。宋詞先生著《亂世名姬・柳如是》，浙江：浙江文藝出版社，一九九六年十月。彭麗君女士著《柳如是——中國第一名姬》，南海出版社，一九九七年一月。）以柳如是爲題材的小説，我在寫作過程中都拜讀了。總的印象是，大多描寫柳如是的前半生，對其後半身投身反清復明運動則寫不多，而能體現柳如是民族氣節和思想境界的恰恰是她的後半生。這無形之中就淡化了柳如是巾幗英雄的形象，給人以一種錯覺，似乎她只是一名「妓女」，無非是略具文采，詩詞寫得好一些而已，或者只是敢於與封建禮法抗爭的才女。

可知本書在對柳如是後半生部分補強，強化其民族氣節與思想境界。因此，其力圖吸取《柳如是別傳》對於這段明清之際痛史的解讀。其又云：

> 總之，我以《柳如是別傳》爲楷模，是把柳如是作一個眞實的歷史人物來研究的，因而在人物形象和人物關係的把握上，力求眞實可靠，盡量避免虛構。爲使主要情節充分展開，只是在個別細節上作了適當的想像。

「避免虛構」、「作一個眞實的歷史人物」來描寫，這是卞敏最不同其他作者的原則。其「新」，乃相對於石楠、宋詞、彭麗君三位的改編本之側重柳如是前半生，而非陳寅恪的《柳如是別傳》。故《柳如是新傳》爲了突出柳如是對錢謙益的影響和感化，對錢謙益晚年的抗清復明活動渲染甚多。

卞孝萱在〈前言〉中認爲本書具有以下幾點特點：

> 一、眞實可信。作者本著嚴謹的治學態度，對柳如是所處之時代背景、社會風尚，她的複雜人際關係、重大活動及文學造詣、人格特性等，進行深入細致的研究，恢復了柳如是的眞實面目。

二、語言通俗雅致。作者對歷史場景、人物活動進行了復原描述，對話精彩，情節感人，使傳主及相關人物都有血有肉，栩栩如生。

三、通篇貫穿著對獨立人格、自由精神、愛國情操、民族氣節的頌揚，立意高遠。

四、對柳如是的研究也前進了一步。例如：柳如是離開陳子龍後，返盛澤歸家院前，曾居松江橫雲山麓半年左右，時間不短，《柳如是別傳》未詳考。卞敏從李雯家富裕，在橫雲山有別墅，柳如是以前有過交往，以及陳子龍托病拒絕李雯招游等現象，推測此時柳如是住在李雯的別墅中，由李雯盡地主之誼，這就進一步理清了柳如是與李雯之間的關係。（頁 3）

「恢復了柳如是的眞實面目」、「復原描述」等，皆說明了此「新傳」的「新」指的是重返柳如是實際歷史形象的努力。又，第四點說陳寅恪未詳考柳如是與李雯的關係，實非的論，卞敏所據正是《柳如是別傳》所提供。

4. 劉敬堂、胡良清，《風塵奇女・柳如是》（臺北：漢欣文化，1996 年 5 月；廣東：花城出版社，1998 年 8 月）

作者胡良清、劉敬堂先生撰寫的這部《風塵奇女——柳如是》，從「相府無情逐小妾」切入，「名姝噩耗驚江南」煞筆，仍是「周道登家——榮木樓」之起訖，凡 210,000 字，以清新文墨鉤沉軼事，正、野互補，雅、俗兼融，細微縝密，鉤畫了一位風塵奇女，恃才傲物、執著人生的形象。

本書〈後記〉有交代創作始末，知仍以《柳如是別傳》爲藍本，另有成千累萬的盈篋資料，易稿四五次。不過，有些錯誤實在貽笑大方，如「宋徵璧」，全書皆誤爲「宋微璧」；初見陳子龍，名刺上竟然署名「河東君」（頁 28）；「如是我聞」竟然典出《道德經》的開篇等等，適足降低本書的可讀性。

5. 聽雨閣主，《秦淮翹楚柳如是》（北京：民主與建設出版社，1999 年 7 月）

全書 221,000 字，合寫柳如是與宋轅文、董小宛和冒辟疆兩對戀人的故事，前者僅選擇柳如是初戀情人宋轅文，而且主線反而放在董、冒身上，故書名「秦淮翹楚柳如是」，或書背面小標「宋轅文柳如是的愛情悲歌」，皆頗文不對題。

6. 杜紅，《女中丈夫柳如是》（臺北：花田文化，1999年12月）

杜紅，一九三七年生，師大國文系畢業。自一九六〇年第一部作品發表以來，一直筆耕不輟，除小說創作外亦曾擔任多部電視劇編劇。撰寫的《女中丈夫柳如是》在一九九九年十二月由花田文化出版，此書可說是臺灣地區僅有之小說改編本。基本上，全書脈絡應是據陳寅恪《柳如是別傳》鋪寫，僅添加柳如是最初之生身父母及被賣身的經過。但文中將柳寫成陳子龍之侍妾，及將宋轅文改爲趙袁文，黃毓祺誤爲黃毓琪，柳如是給錢謙益生了一子」（僅生一女）與《戊寅草》誤爲《戊宣草》等是幾處較嚴重的錯筆。本書較可觀之處，在於人物對話簡而有力，頗具性格，且多潛臺詞，尤其是殉明一事，錢柳之對話，以及後來錢說降馬總鎮之段落，十分精彩。

7. 禾青，《柳如是》（北京：新華出版社，2001年1月）

本名劉拴虎，筆名禾青，大陸國家一級編劇。一九四〇年四月生，原籍河北晉縣，大專學歷。中國戲劇家協會、北京寫作學會會員，世界華人交流協會名譽理事長。長期在河北省和文化部直屬單位擔任專業編劇，小說則有《陳毅和他的小部下》、《遼宮遺恨》、《圓夢紫禁城》、《坎坷風塵女》等。

作者尋溯柳如是一生的軌跡，認爲大體可分爲前後兩個階段。與錢謙益結婚前算一個階段，這一階段突出表現出的是她與環境的矛盾，她憧憬幸福生活，追求美滿愛情，然而命運卻把她拋入骯髒屈辱之地。她不甘於命運的安排，拚命掙扎，奮力抗爭。在這一階段，她與傳統禮教格格不入，「不拘常格」、「放誕風流」、「恣肆不羈」的叛逆精神和反抗性格表現得極爲充分。而她與宋轅文、陳子龍之間的感情恩怨和愛情也難解難分、沸沸揚揚。

與錢謙益結婚到自縊而死，是柳如是人生中的第二個階段。這一階段是柳如是一生中最精彩、最動人的時期，其思想、品德、性格、情操等等表現得最爲充分，最爲感人。時代天翻地覆，外族入侵，國破家亡，風雲變幻，血雨腥風，生與死無情地考驗著每一個人。在這個生與死只有一步之遙的特殊時代，僞裝都被剝去，赤裸裸地暴露本色。是忠是奸、是好是壞、是英雄或懦夫、是崇高或卑下、是貞潔或齷齪……，涇渭分明，一目了然。本書集中描寫的就是這個時期。分四十章，凡500,000字。

作者查閱蒐集了包括陳寅恪《柳如是別傳》在內的大量史料和資料，紀錄了十餘萬字的筆記。但本書不是歷史著作，不是人物傳記，因而大的方面，關鍵的地方是符合歷史眞實的（不過黃毓祺如杜紅《女中丈夫柳如是》一書誤爲黃毓琪），但動人的具體的故事，細微入微的心理刻畫，生動曲折的情節和細節描寫，都出自作者的創作和虛構。

8. 劉斯奮，《白門柳》（長江文藝出版社，2009 年、南方家園出版社，2016 年電子書）

劉斯奮，廣東省中山市人，一九四四年生，一九六七年畢業於中山大學中文系。著有《黃節詩選》、《蘇曼殊詩箋注》、《辛棄疾詞選》、《周邦彥詞選》、《薑夔張炎詞選》、《陳寅恪晚年詩文及其他》、《唐宋詩詞彩圖辭典》等，並出版《劉斯奮人物畫選》（可參見圖片頁 58 題詠柳如是）。1981 年起從事長篇歷史小說《白門柳》的創作。劉斯奮從 37 歲的青年到 53 歲的壯年，歷 16 年的光陰經營了《白門柳》，以史筆寫詩魂，以詩性去激活歷史。《白門柳》連獲第四、五屆茅盾文學獎，既是對與歐陽山等老一輩作家優良傳統的一脈流香的承繼，也是對新時期變動的社會結構的文化生成的最大可能性的開拓。《白門柳》的環節的安排相互關聯。全書三大本，一百多萬字。三條線索：一是錢謙益和柳如是的故事，二是冒襄和董小宛的故事，三是黃宗羲的思想變化。

小說的創作者開始對「心態史」敘事方式的探索，被許多評論家認爲，《白門柳》闖出了歷史文學敘事的另一條道路，將當代歷史文學的創作推向一個新的里程。《白門柳》所關注的在明末清初那樣風雲變幻的社會背景下，以黃宗羲等人爲代表的早期民主主義思想的誕生。正因爲對思潮的關注，書中濃墨重彩地書寫人物的心態，而故事的發展反而退居其次。作家還提出「情緒主導情節」的敘事方式，因此，將敘事的重心由「故事」改爲「情緒」，並且，由人物的情緒來主導情節發展，這一點，也改變了傳統的敘事方式。

《白門柳 1：夕陽芳草》。本書描述清軍、農民起義軍虎視眈眈，內部黨爭不斷，大廈將傾的前一刻，江南士人名流還在爲自己的理想、欲望苦苦掙扎。作者用現實主義的手法刻畫了文人士大夫階層的面貌，描繪出一幅豐富多彩的歷史全景。

明崇禎十五年，清軍威逼山海關，南京東林黨人與閹黨的鬥爭還在延續，在黨爭中失利的前禮部右侍郎、東林黨前領袖錢謙益與寵妾柳如是商議，爲了復官，謀劃與內閣首輔周延儒進行利益交換，答應利用其影響力說服多數復社成員在虎丘大會上做出公議，支持閹黨餘孽阮大鋮出山。同時，復社四公子之一冒襄爲了將父親調離前線也私下接受周延儒恩惠。因此，江南士大夫集團復社內部矛盾重重，四分五裂。侯方域、陳貞慧、顧杲、梅郎中、張志烈、黃宗羲等復社成員齊聚青樓，與名妓眉娘、李十娘聚會，空議國是。國丈田宏遇四處搜羅美女，擄走陳圓圓，董小宛爲了躲避他的追捕逃進錢府，被柳如是收留。黃宗羲拜訪錢謙益請他出面倒阮，錢謙益表面應承，暗中已經指使鄭元勛主持大會挺阮，最後事情敗露。冒襄訪陳圓圓不見，悔恨不已，不久巧遇董小宛，幾經周折後與之定情。黃宗羲與方以智進京就試。馬士英打敗張獻忠後，錢謙益轉而向馬士英示好。

《白門柳 2：秋露危城》，明朝國破君亡，面對南下的清軍，聚集白門的士人階層有的誓死堅守，有的仍熱衷私利，一時間，忠臣、奸臣、文人、才女輪番登場，在金陵演出一場令人唏嘘的悲喜劇。作者以豐富的想象和翔實的史實爲經緯，編織成一幅層次分明、引人入勝的歷史人物畫卷。

明崇禎十七年，黃宗羲之弟中選貢生，他同弟弟一起去紹興拜會老師劉宗周，在他家得知清軍攻破北京城，崇禎皇帝已死，奮力阻止老師自殺殉國。留都南京群龍無首，權力鬥爭混亂，擁護璐王和擁護福王的兩派爭執不休。錢謙益試圖說服呂大器、雷縯祚擁立潞王，在城內散步針對福王的「七不可立」的公啓。兵部尚書史可法則欲立桂王，以平息兩派之爭，他還召集部屬商議反清對策，與馬士英達成協議，誰知馬士英出爾反爾，最終擁立了福王。冒襄偕同董小宛，舉家遷往南京，路上偶遇逃難的方以智。復社還在起內訌，不同派系相互攻擊，復社所依靠的史可法卻決定去江北督師，讓馬士英留守朝中。李自成被吳三桂打敗，逃出北京。錢謙益夙愿得償，赴南京就任禮部尚書。劉宗周上書痛斥朝廷腐敗，引來殺手威脅。不久，權奸馬士英和阮大鋮在爭權奪利的戰鬥中又占了上風。清軍攻破揚州，史可法以身殉國。弘光皇帝逃走，南京陷落，留都官員作鳥獸散，錢謙益欲投奔清朝，柳如是誓死不從。

《白門柳 3：雞鳴風雨》明朝覆亡已成定局，覆巢之下，焉有完卵，士人們也面臨犧牲名節侍奉新主子，還是放棄前途固守舊志的兩難。本書以寫實的風格，反映了明末戰亂頻仍，生靈塗炭的慘景，作者筆下的文人、青樓女子、烈士、江湖藝人個個血肉豐滿、栩栩如生。

清順治二年，龔鼎孳等明朝舊臣剃髮改服，歸順清朝。黃宗羲等人則在江南繼續練兵，堅持抗清，建立了魯王政權。洪承疇被任命爲江南總督，繼續南下攻城。柳如是因爲反對錢謙益投靠清朝而與之鬧翻，執意留在南京，期間因爲心存不平、寂寞難耐而與人暗通幽曲，在當地傳出醜聞。錢謙益決定辭官回家，家人抓獲柳如是的情人，向他告狀，錢謙益知曉眞相後原諒了柳如是。冒襄和家人從海寧逃走，過著貧病交加的生活，幸虧董小宛苦心周旋，悉心照料全家的生活起居。黃宗羲回鄉籌集糧草，未料家鄉民不聊生，幸虧黃宗羲急中生智，從公差手中購得糧草，黃宗羲於是率領水軍繼續戰鬥。馬士英和阮大鋮爲了給自己留下活路，在魯王和唐王之間穿針引線。柳麻子、沈士柱等人暗自混入南京城，與冒襄會合，試圖將外面的軍隊放入城中，結果沈士柱慷慨就義。雖然大勢難以扭轉，但倖存的江南士子還是轉入地下，繼續堅持抵抗運動。

本書改編成同名歷史小說電視劇，2004 年由廣東電視臺和中央電視臺等聯合攝製，伊能靜主演柳如是，巍子主演錢謙益！廣東漢劇 2004 年也在北京保利劇院首演，導演王延松，韓再芬主演柳如是，熱烈回響不斷！史詩話劇《白門柳》主要明末清初，天崩地解。崇禎皇帝孤獨自縊於北京煤山，晚明政權一觸即潰在長江之岸，被漢人蔑爲「韃子」的滿清王朝迅速統一華夏，如日中天。歷史巨變的洪流，猛烈地沖擊著數千年的中國傳統文化，作爲當時文化精英的文人士大夫們，面臨著瞬間生死，驚天榮辱，千年文化的傳承與毀滅、固守與求變的「絕地思考」。任何選擇，都是生死抉擇，任何生死，都足以玩味人性靈魂之三昧……。廣東漢劇數字電影「白門柳」2015 年 10 月蘇州木瀆古鎭正式開拍，演繹柳如是傳奇故事，可見一系列的傳媒途徑正火紅進展中。

另外，歷史小說名家高陽（許晏駢，1922～1992）小說系列中提到柳如是的部分，只有在描寫董小宛一生的《再生香》〈八・掌上珊瑚憐不得〉提到：

> 「不行！」吳良輔一口否定，「秦淮四大名妓，李香君、柳如是都不是肯隨人擺布的人。而且錢牧齋在江南的勢力很大，不能惹他。」
>
> 這便等於畫出一條道兒來了，弄來的人，不但脾氣要好；而且還不能有麻煩。蘇克薩克心想，這顧慮不錯，「強搶民婦」不是甚麼好事，且不說江南新定，需要懷柔安撫，就攝政王的威望，亦不能不顧。
>
> 這些計畫是有柳如是參與的，錢牧齋有此雄圖，一半亦是想將柳如是造成爲梁紅玉第二。但他是因科場案削職回籍的廢員，倘謀復起，

> 內不可無顯貴舉薦；外不可無清議支持。好在鄭成功從事半海盜式的海上貿易，錢多得很，可以讓他黃金結客，一逞豪舉；何況他跟董小宛原有一段香火因緣，所以一葉扁舟，飄然而至蘇州，召集董小宛的債主，只半天的工夫，爲董小宛收回了盈尺的借據，然後另雇一船，派人將董小宛送至南通以北，揚州以東的如皋水繪園，成全了才子佳人的好事。〔註1〕

而網路資源 http://www.haoyah.com/wenxue/renwu/index-5-1.asp 卻振振有詞提到：高陽歷史小說〔註2〕系列之《董小苑》，第二章爲「柳如是踏雪評梅」，與紙本出版品有相當差距，可見查回原典之重要。

三、女作家眼中的如是

1. 石楠，《寒柳——柳如是傳》（北京：人民文學出版社，1988年）

女作家石楠繼《畫魂——張玉良傳》後，推出的又一部力作，起自贖身歸家院、賣入周道登家，止於血濺榮木樓。凡349,000字。據其〈我的文學之路〉〔註3〕自述，創作時間長達四年（1984年至1988年7月），並四易其稿。故事曲折，傳奇色彩濃厚，文筆纖麗，感情描寫細膩，催人淚下，發人深省。名妓柳如是，爲爭取人身自由，改變卑微地位，追求純潔愛情，歷盡坎坷，在民族危亡關頭表現出崇高的民族氣節，毀家紓難，反清復明救亡圖存之心至死不渝。作品塑造了風塵女子柳如是的多采形象：才學過人，美貌絕倫，有膽有識，多情重義。對譽滿天下而又罵名千載的錢謙益的複雜性格也盡力作了開掘，其他歷史人物陳子龍、黃宗羲、黃毓祺、鄭成功、張煌言等的政治際遇和節操也都寫得十分感人。但據其〈後記〉云：「我的忘年師友金杏村

〔註1〕高陽，〈掌上珊瑚憐不得〉，《再生香》（臺北：遠景出版事業公司，1988年10月初版），頁175、178。

〔註2〕集報人、考據學者及歷史小說家多重身分於一身的高陽，一生談古、議今，寫下了六十餘部九十餘冊二千餘萬言的筆耕記錄，被喻爲創造了以清代爲主，上溯秦漢下至北洋軍閥割據的「史詩式、百科全書式的作品系統」。在高陽的作品系統中，尤以「歷史小說」的創作獨步當代，最受稱譽。其歷史小說以豐富的文史知識以及深刻的世故人情的描寫見長，充滿濃重的傳統中國文化色彩；無論是就作品的主題、內容及寫作技巧而言，皆遠邁前代，在小說的發展史上饒富意義。

〔註3〕石楠，〈我的文學之路〉，《安慶師院社會科學學報》第17卷第1期，1998年2月，頁50～51。

先生將他珍藏的陳寅恪教授撰寫的《柳如是別傳》送給我。那是陳教授歷數十年研究這一人物的結晶，他不愧爲柳夫人的異代知音。我反反覆覆讀了數十遍，書都翻爛了，濃霧開始淡去，模糊的影像逐漸明晰了。」（頁 496）可知石楠女士熟讀《柳如是別傳》，自然也是被陳寅恪影響的一位作家。書中稱呼柳如是除第一章使用「楊愛」，第二章（頁 27）起全改爲「河東君」，殊爲不通，甚至有曰「柳河東君」者，使用於和陳子龍、李存我的交往期間（頁 51），更爲不妥，若熟讀陳寅恪《柳如是別傳》，絕對可避免之。

〈後記〉末段又提及：

> 我寫，不僅爲歌頌美給人們帶來歡樂，更重要的是希望揭示生活的眞諦。我不能也沒必要去爲歷史下結論，歷史就是歷史，眞眞實實鐫刻在那裏，我所鍾愛的人物是個婉變倚門、綢繆鼓瑟的女子，可她的三户亡秦之志，九章哀郢之辭，足以顯示我民族堅強不屈、酷愛獨立自由的偉大靈魂，此乃我意之所在。（頁 497）

因而可知柳如是形象塑造之典則何在。至於本書的回響，主要在大陸地區。據〈我的文學之路〉知：「《寒柳——柳如是傳》出版後，《文藝報》、《光明日報》、《安徽日報》等十多家報刊發表了評介文章，評論家們對之給予了首肯。著名學者馮英子讀後第一個把它推薦給讀者，在《新民晚報》讀書版上發表了〈美哉！《寒柳》〉的評介文章，安徽廣播電臺把它錄製成長篇連播節目，全國幾乎所有省市電臺都連播了，並在全國優秀連播節目評獎中，評爲一等獎。」該文也提及柳如是乃沙龍之女主人，與筆者觀點不謀而合。（參見本書〈伍、從青樓到紅樓〉）

2. 彭麗君，《柳如是——中國第一名姬》（南海出版社，1997 年 1 月）

此書但見卞敏《柳如是新傳》〈後記〉提及，未及寓目，容俟後考。

3. 文鴻、李君，《獨立寒塘柳——柳如是傳》（石家莊：花山文藝出版社，2001 年 1 月）

全書分九章，前有小引，後有尾聲，顯然有意將柳如是一生譜成一本劇本，因爲南曲（或稱傳奇）之音樂結構，即是引子、過曲（正曲）、尾聲。章下又分若干節，故又似論文形式，行文又常以詩文證史，明顯有評傳性質及模仿陳寅恪《柳如是別傳》痕跡。凡 322,000 字。起自柳如是誕生，但因爲歸家院之前「我們什麼都不知道」（頁 3），所以，仍是亦步亦趨於《柳如是別傳》，訖於錢氏家難，但加有後人的憑弔，如黃宗羲、龔鼎孳、嚴雄、翁同龢等，此部分是所有改寫本中最特別的，尾聲是改編者論述柳如是的文章，不算是傳記中的一部分。不過，其中談到這本書跟陳寅恪《柳如是別傳》不同的地方在於：

> 其實，並不難發現，可是我們爲什麼就一直沒有注意到：這是一本男人寫的書，這是一本男人寫女人的書！我們被大師的光環晃迷了眼，我們被男人爲我們描繪的重彩照花了眼，我們自己把自己的眼睛蒙住了！我們還有什麼可說的？！
>
> 我們不想否認它是一本巨著，但它是男人世界裏的一部巨著，同樣，我們不想否認《別傳》中的柳如是是一個奇女子，但她是男人的嘴巴封出來的奇女子，我們一塊跟著叫了許多年。
>
> 柳如是不過是一個極其渴望成功的女人。
>
> 柳如是不過是一個清醒的、明白自己的，也就是女人的地位的女人，是一個勇於行動、堅持不懈爲了一個目標奮鬥的堅強女人，是一個有著作爲女人的出色才能和出色魅力的女人。這是我們對柳如是「自由之思想，獨立之精神」的另一種詮釋。（頁 402～403）

這種觀點，類似於之後蔣麗萍所謂的柳如是「屬性」說，她只是一個「女人」，一個「極其渴望成功的女人」！不過弔詭的是，身爲女性改編者們，始終無法獨立自由於陳寅恪的《柳如是別傳》，時時受其影響，呈現的其實又不僅僅是只是個渴望愛情、渴望成功的女人。但可喜的是，二十世紀的女性改編者，大多接受了時代的新思潮——女性主義的洗禮，所謂的「獨立」、「自由」，已跳脫了「家」、「國」的包袱，扭轉了傳統認知中的柳如是形象。

4. **蔣麗萍，《柳如是・柳葉悲風》**（上海：上海古籍出版社，2001 年 1 月）

蔣麗萍，1954 年生於上海，童年光陰大多在老家江蘇仙女廟度過，初中畢業後當過農民、中學教師、新聞記者，現爲上海市作家協會專業作家、並應邀在滬、杭兩地擔任電視節目主持人。主要著作有：長篇小說《女生・婦人——「五四」四女性肖像》、《水月》，傳記《民間的回聲——新民報創辦人陳銘德鄧季惺伉儷傳》、以及《世紀人生》等影視作品。

《柳如是・柳葉悲風》一書長達 485,000 字，但仍僅達《柳如是別傳》（823,000 字）一半有餘，可見情節仍不足以超出《柳如是別傳》太多，更兼作者蔣麗萍也在本書〈後記〉明言：

> 我得承認《別傳》是一本艱深的書。從詩詞中索引一個人的經歷和

> 命運的做法，簡直就是，就是如同炫技一般。這樣的難度，簡直叫人絕望——學問可以做到這樣的程度！可是，眞是一本叫人愛不釋手的好書啊！因爲柳如是的命運被他講得那麼細膩，那麼深情，那麼情趣盎然，那麼一波三折！（頁 679）

「簡直叫人絕望」，道盡柳如是相關作品之改編，超越《柳如是別傳》的艱難，陳寅恪晚年力作仍是群山中的最高峰。

蔣氏改編作品起自崇禎四年深秋，柳如是被賣往周道登家，迄柳如是自縊而死，情節之參照全來自《柳如是別傳》，不過，全書柳如是就只有「如是」一種名字。但若說蔣氏之書全無獨出機杼之處，倒也不是。諸如柳如是與好友惠香、貼身丫鬟雙環等交誼，《柳如是別傳》或僅提及一些，甚或沒有，蔣氏添枝加葉，倒也婆娑有致。本書之改編較其他書不同處，在於《柳如是別傳》提供的素材較成功地巧融於長篇小說文體之中。而改編者爲了寫作所購閱的書籍（詳細書目參見該書〈後記〉所提），如《陳子龍柳如是詩詞情緣》、《柳如是詩文選》、《柳如是詩詞評注》，當然還包括《柳如是別傳》，將學界的書靈活地編織進小說之中。如陳子龍編《皇明經世文編》一書，全書提起不止一處，把愛情與經世情懷巧妙融合，是他書所不提、或未加運用的。再者，本書借惠香之口形容柳如是「心比天高」（頁 311）、「常年服用微量砒霜，借以生熱，可以終年穿得單薄。」（頁 351）、寫柳如是易裝見錢謙益爲「書生打扮的俊秀青年，可是，長衫底下，卻是一雙三寸金蓮。」（頁 371）、「及至看到袍隨下隱約出現的小腳」（頁 379）等細微處，都是來自所購閱之書的消化運用（亦可參見本書前面所提幅巾弓鞋、冷香丸、晴雯處）。

另，柳如是從周道登家被逐出，原因不明，現雖傾向於可能與僕役有染，但確切經過卻無多記載。蔣氏將其改寫爲周道登妻妾嫉妒，設計灌醉柳如是常偷偷出入閱書的藏書閣（名曰「水閣」）守門者春茗，使其酒後亂性撕扯柳如是衣衫，當場抓姦雙雙治罪。姑且不論寫得如何，茲就柳如是詩文知識之養成源自周道登家，從嗜書角度切進此一疑案，倒也合情合理。

全書不分章節，只在每一段落，摘引該段情節若干行置前，以表區隔，情節十分流暢。然而，作者於〈後記〉中曾提到：

> 我的茫然在於語言。按照我的理想，這部小說的語言應該類似《紅樓夢》、《金瓶梅》。事實是寫柳如是之前，我又把這兩部書用心讀了

一遍。可是，困難就來了：這兩部書的語言背後，是作者對於那個時代的深切理解和對於生活細節的高度黏熟，才有那種體貼入微，入木三分的現實主義描寫。我是借助閱讀來塡充對於那個時代的想像的，許多細節對於我來說，簡直就是無法克服的空白。用這種語言不露怯才怪呢。可是，我又不願意用那種空靈的、顯得先鋒的筆調來寫。我以爲，那多少帶一點避重就輕。(頁 679)

總體論來，本書語言根本不類《紅樓夢》、《金瓶梅》，相反的，雖不致流於作者所不願意用的筆調，卻實在一如坊間充斥的現代羅曼史寫法，尤其是寫到男女情欲的奮張時，如頁 385～386：

錢謙益眞是被她撩得心火一蓬老高！轉身就去揪她的嘴，她卻把臉蛋一起送上前來，錢謙益就一嘴叼住了她那櫻桃小口！如是知道這個時候應該加點氣力了，就以舌代勞，將全部的柔情妖嬈送出。

錢謙益被她的柔情淹沒了，就想一沉到底。他希望自己在最後的關頭能夠一展雄風。可是，突然的，他覺得自己下面虛空了一樣，似乎涼風颼颼的。這一發現非同小可！簡直就嚇出他一身的冷汗！命運弄人！怎麼可以在這樣的關頭，出現這樣的尷尬呢！

如是只是憑他在一剎那間的猶疑，就明白發生了什麼事情。她知道這個時候簡直就是生死關頭了，她必須有所行動。只見她將他放倒在床上，那嘴在與他深深接了一個吻之後，就一路吻了下來……

錢謙益被最後的勝利鼓舞了，從此也知道，在這個女人這裏，只要他要，她就能夠給，一切。

以上還算是本書較佳的一段，在床事的描繪上，殊少藉意象、景物虛實相間，比擬亦顯直接。且柳如是每遇一士子，好像動輒相擁、唇吻、乾柴烈火，久而久之，千篇一律，看不出其中那段情誼較爲深刻。

蔣氏的文筆流暢之餘，描摹設色的功力略嫌平板，似乎缺少一份精彩，例如拂水山莊一行的描述僅如下：

拂水山莊。

拂水山莊因拂水崖而名。拂水崖在常熟虞山之南。崖石陡峭，水出其間。水流下奔如注，遇風拂逆，噴沫四濺，無風之時則瀑布如長虹垂掛，形勢蔚爲壯觀。

錢謙益和柳如是在山間漫步，肩輿轎輦都拉在很遠的後面。這裏一邊是青蔥的山嶺，一邊是泉水淙淙的山澗。一處向陽的坡地上，栽種著大片的梅林。眼下正是早梅綻放的時候，金黃色的花朵參差繁雜，掛滿了枝椏虬勁的樹枝。梅花的香魂猶如一位身影飄忽的佳人，若即若離地跟隨著他們。錢謙益和柳如是步行其中，都有一種因花而起的歡欣。

如是今天換了女裝。雲扇使窄肩更瘦削，細褶長裙使身姿更婀娜，耳朵上那一點淚珠一般的玉墜在陽光下盈盈生輝，叫人感動。錢謙益今天眞是看山山好，看水水好，看花花好，一切的一切，都是好！現在，往前幾步，就是一個山澗了。（頁 393～394）

寫景、寫服裝，筆致有限，實難攀《紅樓夢》、《金瓶梅》之萬分之一。故該「花非花・歷史小說系列」的主編趙昌平在〈引言〉中提及：

蔣麗萍在〈後記〉中談到她希望能以《紅樓夢》、《金瓶梅》的語言風格來寫這部小說，但是很難。而我在讀到小說的五分之一（當時還未看〈後記〉）左右時，卻漸漸感到有一種對我這樣的古典文學工作者來說相當親切的情韻。儘管可以摘出某處某處的對話與鋪敘不夠精確，不夠圓熟，但是在我看過的爲數不少的今人所作歷史小說中，如果說有哪一部能得幾分《紅樓》、《金瓶》的氣息韻致，那麼就是這部《柳如是・柳葉悲風》。（頁 7～8）

我認爲趙先生也看到了「不夠精確」、「不夠圓熟」等缺點，但在氣息韻致上之評語仍溢美了些。不過，此段文字稍前，趙先生所提的：

可以決非拔高地說，這位柳如是比那位近乎大家閨秀的李香君，有血有肉得多，原因在於孔尚任更多地將才女兼志士的理念賦予了香君，而蔣麗萍則首先將柳如是作爲女人，作爲妓女兼奇女來平實地看待，志士與才女只是她的第二屬性。（頁 7）

卻十分準確指出了書中柳如是的屬性，正因其首先視其爲「女人」，情欲的描述就顯得多，不過，多而欠缺層次的描寫，則無法諱隱此瑕。

或許如作者〈後記〉所言自知之明：

總之，心裏覺得這個人物和她所處的時代夠研究一輩子的，現下的描述難免不周全。（頁 681）

四、現代影視播出——以〈悲落葉之柳如是〉、〈夢繫秦淮多爾袞〉為討論中心

影視演出類型目前可知如下九種：

1. 越劇〈風月秦淮〉（1991 年上海越劇院首演，羅懷臻編劇，張森興導演，章瑞虹、方亞芬主演）

2. 越劇電視劇〈秦淮煙雲〉（1991 年上海及大陸中央電視臺合拍，羅懷臻、紀乃咸、沙仁編劇，張韻華、沙如榮導演，單仰萍飾演柳如是，史濟華飾演錢謙益）

3. 新編漢劇〈柳如是〉（1999 年廣東省漢劇院演出，羅懷臻編劇，導演韓林根、李仙花，李仙花飾演柳如是，張廣武飾演錢謙益）

4.〈歷代名妓——悲落葉之柳如是〉（2000 年 5 月臺灣院線上，成大國際影視事業，邱木棋導演，張婉妮編劇，瑩淇飾演柳如是）

5. 電視劇〈夢繫秦淮多爾袞〉（2002 年深圳電視臺拍攝，原片名為〈魂斷秦淮〉，邵玉清編劇，朱建新、張子恩、周小兵導演，馬千姍飾演柳如是、李鳴飾演錢謙益、陳道明飾演多爾袞，劇本已出版，惜尚未購得）

6. 電視劇〈桃花扇傳奇〉（2002 年衛視中文臺播出，王琛、陳軼超、王海洲編劇，高翊竣、李翰滔、白煒輝導演，李淩淩飾演柳如是、趙敏捷飾演錢謙益）

7. 廣東漢劇《白門柳》（2004 年 6 月 10～16 日在北京保利劇院連演七場，王延松導演，韓再芬飾演柳如是，杜源飾演錢謙益）

8. 電視劇〈秦淮悲歌〉（2007 年廣東電視臺攝製，蔚江編劇，根據劉斯奮原著，茅盾文學獎一等獎《白門柳》改編，王進導演，伊能靜飾演柳如是，巍子飾演錢謙益）

9. 電影〈柳如是〉二○一二年由中央新聞記錄電影製片廠與常熟市政府聯合出品，吳琦執導。萬茜飾演柳如是，秦漢飾演錢謙益，馮紹峰飾演陳子龍。

廿二集的電視劇〈秦淮悲歌〉，主要呈現錢謙益的悲劇人生，也是以他為首的知識分子的悲劇。復社空有滿腹經綸，面對的是皇上荒淫、朝廷腐敗，儘管復明之心熾熱動人，復明之路卻渺茫無望，眼看著無可奈何花落去，代之而起的是生氣勃勃的大清帝國。改朝換代、明清鼎革之際，以此歷史巨變

爲背景，通過秦淮名妓柳如是與江南錢牧齋的一段傳奇姻緣，帶出當時復社成員在國破家亡、山河破碎之際的坎坷遭遇及悲慘命運，同時細膩展現了江南的風物人文，足稱爲一幅末世的《清明上河圖》。

柳如是一心想輔佐丈夫報效國家，怎奈明末朝廷腐敗，丈夫與自己的志向分歧，跳河自殺未遂；而丈夫死後，又起了遺產之爭，於是再次上吊自殺。其中既有政治場中嚴酷的正邪之戰、社黨內部的恩怨紛爭，又有秦淮兩岸男女在亂世中的感情糾葛，交織成一曲波瀾壯闊、悲風四起的末世挽歌，具有極強的歷史穿透力和藝術感染力。

上述九種影視媒體，前三項 1. 越劇〈風雨秦淮〉、2. 越劇電視劇〈秦淮煙雲〉（參看圖片頁 34：劇照一：單仰萍）、3. 新編漢劇〈柳如是〉（參看圖片頁 34：劇照二：李仙花）都是羅懷臻的同一作品，先有局部之修改，留待「劇本」部分論述。以《桃花扇》李香君爲主角的 6. 電視劇〈桃花扇傳奇〉，顯非以柳（參看圖片頁 62：劇照五：李凌凌）爲主體，故不予討論。劉斯奮《白門柳》引發的電視劇、漢劇，則待日後專章討論。二○一二年的電影〈柳如是〉，在本書稿之後，包括預計二○一九年的崑劇〈柳如是〉，都可說明「柳學」研究正興起進行曲。在此以曾經在臺灣公開上映的 4. 電影〈悲落葉之柳如是〉（參看圖片頁 61：劇照三：瑩琪）與中天娛樂臺播出的 5. 電視劇〈夢繫秦淮多爾袞〉（參看圖片頁 62：劇照四：馬千姍）爲討論中心。

〈悲落葉之柳如是〉電影情節起於柳如是的父親重病過世，留下龐大債務予柳如是母女倆，債主數次上門催債最後抓柳如是抵債。債主雖罰柳如是爲丫鬟，私底下卻瞞著夫人將其視爲禁臠。事發爲妒婦所遣，遂入徐佛（吳家麗飾）旗下，漸習詩詞歌賦、琴棋書畫、音樂舞蹈、巧妝美飾、俏言倩笑、風姿柳態、愛意癡情……，這些「技能」使得柳如是成爲最受歡迎的紅牌，其聰明伶俐與率直天眞的表現被客人周道登（午馬飾）相中，娶她爲妻，讓柳如是有了更多的學習機會。然柳如是廝磨上家中長工之子，終致被周家趕出豪門。柳如是無處可去，只好重回妓院，成爲豪爽的一代佳人，一代名妓。

此片乃俗稱之三級片，自然以感官裸露爲主（參見圖片頁 61），雖儘量符合傳說中的柳如是（如徐佛、周道登等人名皆未另撰），但顯然拍至重回歸家院已顯技窮，無心再贅往後多段情緣。全片雖然以感官媚俗爲訴求，難論其境界。但無意中卻應了現代著名小說家張愛玲說過的「思想優美，以思想悅人，身體優美，以身體悅人。」無可諱言，對多數女性而言，以身體悅人是一個跳板，尤其是古代的女性，如果可以因此進入公共領域，成爲影響政局、文化的關鍵人物，或者至少是在史上留名，那麼橫陳之肉身，可能是唯一的路徑。〔註 4〕也因此，歷史上風雲際會的女性，不是淫亂宮闈的嬪妃，就是倚門賣笑的青樓女子。身體的公共性對應著思想的公共性，身體的隱秘性則對應著思想的隱秘性。這讓我們不禁想起《紅樓夢》中，寶釵、探春等人組織了一個詩社，當獲知自己的詩作流傳出去時，寶釵即厭惡不已，好像失身一般，認爲大家閨秀的作品不過是自娛，如何可以被外面的男人知曉。在寶釵眼裡，她的身體是遠離公共領域的，她的精神也就順理成章的不在公共領域之中。就如其閨房蘅蕪苑的擺設（第四十回）始終維持「房室清、牆壁淨、几案潔、筆硯正」，乾乾淨淨的室內，風格統一。不要贅飾，無法像秦可卿臥房引人遐思，領君入夢。所以被公認「品格方正」、「行爲豁達」、「隨份從時」、「深得人心」（第五回）。

完全不憑藉身體的公共性，不以身體悅人，而可以進入公共領域的女性在歷史上極其罕見。故片中柳如是或許並不眞明白此層深意，但卻給了我們觀眾如此的深思。埃萊娜・西蘇〈美杜莎的笑聲〉一文曾指出：「父權文化秩序有著無比豐富的關於女性軀體的修辭代碼，但這只是沒有『所指』的『能指』，眞正的女性軀體始終是歷史與文化的缺席者。」〔註 5〕而女性自己把軀體帶進現代傳媒，並進而帶向公共的文化空間，顯然具有性別意識型態的意味：『軀體寫作』同時具有解構父權文化規約，建構女性嶄新的性別文化身分的意義〔註 6〕此片之編劇、導演、演員或許無意於此層作用，但具有性別意識的閱聽大眾卻可作如是觀。

而三十集的電視劇〈夢繫秦淮多爾袞〉，反映的是明清時期秦淮八豔之一柳如是的傳奇經歷和愛恨情仇，從二〇〇二年二月二十八日起在深圳電視臺「黃金劇場」與觀眾見面。該劇演員陣容堅強，柳如是由青春偶像派新星馬千珊扮演，她曾主演過電影〈第一次的親密接觸〉。而曾在電視劇〈蒼天在上〉演出的李鳴則在劇中扮演錢謙益。方舒扮演皇太后，越劇名演員何賽飛扮演

〔註 4〕王怡，〈身體的公共性到思想的公共性〉，錄自 http://www.pen143.net。

〔註 5〕參見張京媛主編，《當代女性主義文學批評》（北京：北京大學出版社，1992 年 1 月），頁 188。

〔註 6〕參見董健、丁帆、王彬彬主編，《中國當代文學史新稿》（北京：北京人民文學出版社，2005 年 8 月），頁 604。

馬湘蘭，郭冬臨扮演田國舅。著名影帝陳道明飾演性格複雜的清朝攝政王多爾袞。該劇由深圳招商文化藝術發展公司和深圳電視臺聯合拍攝，是第一部描寫柳如是一生命運的電視劇。劇中將柳如是錦繡般的才華和多舛的命運描繪得蕩氣回腸。在臺灣由中天電視娛樂臺在二○○二年年初播出，目前有 VCD 發行出售。劇中輔以秦淮眾佳麗的故事，將馬湘蘭、李香君、董小宛、陳圓圓這些風塵女子穿插其中，是一部星光燦爛、扣人心弦的作品。

〈夢繫秦淮多爾袞〉的主要劇情是敘述從宮中逃亡出來的宮女王寧氏，帶著襁褓中與皇上私生的女兒流落民間，屢遭追殺，屢獲救解。廿年後，女兒柳如是長成一位絕色才女。一次偶然的機會，她與赫赫有名的文壇領袖錢謙益在秦淮河畔邂逅，二人由敬慕彼此的才華而心生愛意、互明心跡、終成眷屬。然後，時代變革，脆弱的愛情也危機四伏。清朝攝政王多爾袞率八旗勁旅兵臨南京城下，南明王朝君臣四散，留下錢謙益獨撐危局。錢謙益爲免全城百姓塗炭，將南京城拱手相讓。清兵入城以後，多爾袞將柳如是軟禁在暖香閣裏，勸她歸順。柳如是靠智慧和膽識使多爾袞甘拜下風，使他意識僅靠武力並不能使天下一統。〈夢繫秦淮多爾袞〉用了三十集的篇幅，通過一群才子佳人在變幻莫測的宮廷風雲裏，在改朝換代的歷史舞臺上的曲折人生道路，展現明清交替之際的江南社會風貌，以及「滿」「漢」兩個民族在血與火的洗禮中逐步融合的悲壯歷程。

連續劇首要任務即在於誘引觀眾一集一集收視，故劇情著重有三，前先以錢柳愛情爲主，中輔以國仇，再繼之以柳如是、多爾袞之間的相互鬥智或征服。而連續劇，尤其是宮廷相關大戲，歷來多以鬥智爲主，如當今頗流行之寇準、劉羅鍋、和珅、李衛等人之個別相關連續劇，此亦不例外，而這也是跳出《柳如是別傳》之關鍵處。但柳如是何以與多爾袞有所交涉，或因：

> 牧翁對於恢復明社，時時在念，所作詩文，多隱刺朝廷。因此懷恨久之，而清朝將牧翁列入《貳臣傳》中，以謗毀之，非無故也。當時如是既能識才人，願嫁牧翁，又能識英雄，提拔石達，所以傳名千古。後人雖亦有非牧翁與如是者，其中實大有原因：（甲）當時張天如輩，本屬意如是，以震牧翁名，無能與之爭，卻未能因此甘心。（乙）白髮紅顏，正式結婚，當時士大夫以其不重名分，已有不滿而投石者。（丙）牧翁與如是恃才傲物，目空一切，不能得當時文人之歡心，亦係事實。有此種種，故以牧翁不能殉節大題目非之。但

> 不責他人，獨責牧翁，殊非篤論。蓋當王者貴，在清時人多迎合上意，不敢道其長，而必攻其短。至王澐之謗書，或係遠道傳聞之誤，意在迎合清主，未足據爲信史。牧翁《初學》、《有學集》等書，在乾隆朝已遭銷毀，見者不多。瞿忠宣公奏議，出書已晚，讀者更少。因此以訛傳訛，習非成是。然而牧翁與如是毀家以圖恢復明社，事實俱在，未能一筆抹煞。以視洪承疇輩，實有天淵之別。〔註7〕

> 清代對於孝莊太后下嫁多爾袞之事，均以爲醜，不欲傳示來茲。而牧齋主持婚儀，刊佈謄黃，宣示天下，無怪歷朝恨之。至乾隆時，並刊《貳臣傳》，以牧齋爲首，正與其與清爲難，故意爲之，宣揚於天下耳。〔註8〕

巧爲聯綴，不失爲增進劇情之狡獪手法也。然重心已由錢謙益與滿清之民族恩怨轉爲突顯多爾袞對柳如是的試圖征服——征服了柳如是之氣節，即等於征服了漢人的民心。

五、傳統戲曲——談羅懷臻的〈柳如是〉

在今人所改編的柳如是相關作品中，體製上較特殊的有牛釗的〈香君小宴〉和羅懷臻的〈柳如是〉，皆以傳統戲曲劇本形式寫就。不過，前者自標爲「新潮昆曲案頭本」，恐有自知之明，不宜場上演出，只能作案頭觀賞。劇中柳如是雖云「正旦」，卻非最主要人物，尚上天入地穿插拉雜入李香君、李煜、洪秀全、孔夫子等人，頗類宋、金「院本」之精神，聊供案頭一笑。至於人壽年所編俗曲（〈柳如是之荷池殉節〉、〈柳如是之史可法盡忠〉、〈柳如是之自憐身世〉）及慧生新劇（〈慧生新劇柳如是／小留香館〉、〈柳如是曲詞〉）等，

〔註7〕錢文選〈柳夫人事略〉，《誦芬堂文稿》，民國三十二年排印本，六編，頁49～51。

〔註8〕白雲，〈錢牧齋與清史〉，見前揭書〈錢牧齋與柳夫人詩文附印緣起〉後所附，頁46～48。並言「關於謄黃一事，在清代人多不敢言及，恐賈禍。且乾隆朝紀昀見之，以爲：此何事也！以國母之尊，竟以嫂嫁叔，不以爲嫌，中國有史以來所未有，乃可傳示戩，以彰其醜乎？曾請於高宗削之，其後遂無有知此事者。即知一二，而全文多不得見。」但唐偉之〈關於錢牧齋〉一文則提到「此項謄黃，至今尚存，在北平天安門正陽樓上，尚有人見之，牧齋筆墨之巧，用心之深，愈舖張揚厲，愈令人週知此項醜史。」「海內知牧齋文名，故授予禮部侍郎主持此事。如牧齋不受命，即有滅門之禍。牧齋勉強撰文，主張刊佈謄黃，普告天下，正所以暴露滿清入關最初一段醜史，使無人不知。」

因顯非全本，不易評斷，亦不論。而《陳寅恪與柳如是》一書雖以柳如是爲標題，但書中人物有陳寅恪、王國維、吳宓、胡適、柳如是、陳子龍、錢謙益、溥儀、支愍度、霍金……等人，古今中外時空交錯，誠如作者自言雖爲「話劇」，實則重心在陳寅恪身上〔註 9〕，故亦不在本文討論範圍。今僅討論羅氏〈柳如是〉一劇。據作者劇末附記：

> 劇本創作於一九八九年初，原爲越劇本，劇名〈風月秦淮〉，與紀乃咸合作。翌年，上海越劇院首演，藝術指導胡導，導演張森興，主演章瑞虹、方亞芬。一九九一年與紀乃咸、沙仁合作改編爲越劇電視劇〈秦淮煙雲〉，由中央電視臺和上海電視臺聯合錄製、播放，導演張韻華、沙如榮，主演單仰萍、史濟華。一九九九年重新創作爲漢劇〈柳如是〉，由廣東省漢劇院演出，導演韓林根、李仙花，主演李仙花、張廣武。〔註 10〕

可知原爲越劇本，後才改爲漢劇本，若僅是唱腔改變，倒無關緊要。然而，細細參照收入《西施歸越——羅懷臻探索戲曲集》中的〈新編歷史傳奇——風月秦淮〉與《九十年代——羅懷臻劇作選》的〈柳如是〉，除相差一場（幕）外，很多文字作了細部的修改（劇本在舞臺上演出，常會出現細部或局部的修改，無可避免）。推測前者應爲與紀乃咸合作之劇本，後者應該是作者自行修改後的定本，較能代表羅氏的看法，故本文亦採〈柳如是〉爲探討文本。

本劇前五幕，大致上依史傳中的柳如是形象塑造，只有最末的尾聲是羅氏獨出機杼。單獨看本齣戲，會覺得羅氏頌紅妝，主編毛時安序中即云：

> 羅懷臻九〇年代的創作還有一條明晰的軌跡就是烈酒氣息的淡化而清茶氣息的強化。就是說，有一個由酒到茶的或者酒茶並存的深刻變化。烈酒代表著山野民間，清茶象徵著精英文人。對文人的關注始於柳如是，昇華於李清照，完成於班昭。她們迭經重大社會、人生變故，一步步體現著人文理想的飛升，直到生命融入輝煌和清空。

〔註 9〕此書前六幕爲〈托命〉、〈尋夢〉、〈史辨〉、〈國殤〉、〈招魂〉、〈遺恨〉，第七幕〈時空〉歷史學家言：「另一個極其偶然的巧合是，今天六幕話劇《陳寅恪與柳如是》搬上舞臺。這樣兩個巧合只與一個人有關，這就是陳寅恪先生。這只能用『不可思議』來形容。」徐迅，《陳寅恪與柳如是》（北京：北京古籍出版社，2006 年 4 月），頁 215。

〔註 10〕《九十年代——羅懷臻劇作選》（上海：上海社會科學院出版社，2002 年 6 月），頁 247。

〈班昭〉熔燾了懷臻對九〇年代中葉人文知識分子眞切的生命體驗。洋溢著擺脫自我軟弱的力量，自我反省的深思，指示了知識分子事業和欲望、理性和本能之間的衝突，以及在這種種衝突掙扎、突圍直致超越的靈魂圖畫。「最難耐的是寂寞，最難拋的是榮華。從來學問欺富貴，眞文章在孤燈下。」這是每一個眞正的人文知識分子的內心獨白。

目睹班昭的一生在我們面前次第掠過，就在太陽下山的時刻，完成《漢書》後七十一歲的班昭，牟下她如霜似雪的頭顱——「小姐死了。」輕輕收光。我們的思緒迷失在滿臺的黑暗中。

「這一杯清茶，不是酒，濃於酒，醉在心頭。」〈班昭〉

形爲酒，質爲茶，以一種成熟的內斂的風致，與〈金龍與蜉蝣〉怒髮衝冠式的狂野之美相映成趣，成爲九〇年代羅懷臻思想藝術最爲成熟的壓軸之作。在某種意義上，也爲二十世紀中國當代戲曲的創作點上了一個完美的句號。〔註 11〕

話是沒錯，但放在羅氏劇作一貫的架構模式中，恐怕選擇錢柳姻緣就不單只是有感於其氣節，反而是她的遭遇又再一次呈現生命不可解的「結」。羅氏早在《西施歸越——羅懷臻探索戲曲集》的後記〈心靈的回顧〉中自剖：

有人說，凡熱衷於悲劇的作者，大都緣自心裏的「結」。因爲有情緒鬱結著，所以要排宣。我似乎沒寫出有「完滿結局」的戲，但我不知道我心裏是否有「結」。我想人總會在社會生活中感受到些什麼，從而希望表達出來與人交流。所謂熱衷悲劇、著眼不幸，其實是源於對人生對世界的愛，或許還更深切一些。〔註 12〕

試看其名作〈眞假駙馬〉中董文伯、董文仲孿生兄弟與公主的三角關係，導致家族及姻族的相繼慘死或瘋狂；〈西施歸越〉中西施懷了夫差的種，在與句踐、范蠡之間引起的風暴；〈金龍與蜉蝣〉中，父子祖孫三代相互殘殺；〈梅龍鎮〉、〈寶蓮燈〉中的兩代戀情等等；縱使如史實改編的〈西楚霸王〉、〈長恨歌〉、〈班

〔註 11〕 毛時安〈序・守夜人的聲音〉，《九十年代——羅懷臻劇作選》（上海：上海社會科學院出版社，2002 年 6 月），頁 12～13。

〔註 12〕 羅懷臻，《西施歸越——羅懷臻探索戲曲集》（上海：學林出版社，1990 年 7 月），頁 227。

昭〉、〈李清照〉等，羅氏處理的焦點，往往是其中人物面臨兩難中的抉擇，作者往往也只無奈地呈現困境，如西施的死〔註13〕、金龍的駕崩〔註14〕等。

臺灣戲劇學者王安祈認爲羅氏的戲常常犀利到「沒有道德可言，沒有理想可循！」「『發現』不是重歸和諧圓融，而是人格本質面對面大對決。」「所有眞理是非一概殞落」、「一悲到底」。(《當代戲曲》(臺北：三民書局，2002年9月，頁59。) 但若從「結」觀之，羅氏之所以熱衷於「悲劇」，正足以顯現其愛世界，正苦思從其中提供一解決之方，但並非所有問題皆有解，有些他也提不出，反倒將人物逼至絕境。歷史上的錢柳，在面對大明江山的沉淪，其實他們的處境可能是許多人（不管今人或古人）面臨的難解之結，劇中描寫趑趄不死的錢謙益，好不容易決定與柳夫人牽手而赴死，卻因忠僕錢宗的一席話，而有獻城求全百姓之性命的打算，他也自知：

> 從今往後，錢謙益將失去親人，失去朋友，失去一切愛戴我的學生，可是我不能再失去你了，我的夫人！

柳如是的回答是：

> 牧齋，事到如今，我也不知道該怎樣，不該怎樣……可是，我唯有走，唯有離你而去……

値此存亡之際，誰對？誰錯？連柳如是也迷惘了，她只有選擇暫時離去。但此一難題，卻不因其離開十五年再度重逢就能解決，只要她「走得動」，她還是會選擇「走」〔註15〕。尾聲，並不代表柳如是寬容了錢謙益〔註16〕，而是

〔註13〕林宗毅，〈美人芳歸何處——談羅懷臻的西施歸越〉，《清華文藝簡訊》第7期，頁20。
「從劇中人物的對話中，我們可以感覺到他們理念上的衝突，其實就已涵括了人生可能遇到的生命死結，對西施個人而言，政治利益對她的肉體、靈魂、愛情、骨肉的創傷是相當大的，她肯定的是生命的純潔，而非國仇家恨的延伸，孩子是她歷劫歸來後重生的理想，可悲的是，她陷在『眾人皆醉我獨醒』的龐大現實陰影中，無法與之妥協的悲劇性格，使她『走出越國，走出吳國，走出人世，一直往前走』，直走到生命的斷崖……。」

〔註14〕王安祈，《當代戲曲》（臺北：三民書局，2002年9月），頁59：「〈金龍與蜉蝣〉由於史實背景更被架空，因此與其說是『帝王性格』與『平民性格』的衝突，毋寧視之爲父子性格雙雙（也是交互）變異扭曲過程的犀利剖析。沒有道德可言，沒有理想可循！而將這一對對比人物的身分設定成父子關係，一開始身分的誤置錯認，導出尋父情節，親手閹割兒子時，金龍內在眞純的一面也被閹掉了，蜉蝣的性格也開始變異，最後眞相發覺後，一切回不了頭。」

〔註15〕〈尾聲〉
【舞臺旋轉，場景遷移……

柳如是，甚至是羅懷臻自己，都很難對此下任何評斷。因此，羅氏劇中所有的人物，其實都只是羅氏應用的工具，藉以呈現他個人的人生觀，而非對其中某人物的褒或貶！

六、小結

綜看當代改編小說讀本與電視電視戲劇所呈現的柳如是，美艷絕對是不可或缺的要件，但論機智、才華與氣節，則各有偏重。自清代以降，所呈現五五波的兩面評價，此時以正面肯定（八十比二十）居多，柳如是由淪落風塵的青樓才女，除了隔代國學大師的青睞，終於能得到後代讀者與閱聽大眾的認同與接受。而這些改編中，大都脫離不了《柳如是別傳》的影響，能超出這制約的其實只有羅懷臻的作品。其他只能說是通俗作品，包括試圖「以女觀女」的書寫者，不管如何，這些作者都是刻畫柳如是而已（除了羅懷臻），而陳寅恪卻是暗藏深沉寓意，藉由書寫柳如是來抒一己之懷，成就了柳如是，也成就了自己！

【字幕：十五年後，清順治十七年。
【秦淮故地，物是人非。……錢謙益老態龍鍾，拄杖而上，……有遊客在向錢謙益唾沫擲物，錢謙益似乎渾然不覺；他臨岸站立，目視水天，如同一株枯樹。
·
·
·
錢謙益——你回來了？
柳如是——回來了。
錢謙益——還走嗎？
柳如是——走不動了。
錢謙益——若是走得動呢？
柳如是——還走。
【錢柳復又久久無話。

〔註 16〕持「寬容」看法，見齊致翔，〈堅守與超越——在《柳如是》的情愛世界裡徜徉〉，《中國戲劇》，2000 年 4 月，總 515 期，頁 33～35。福建劇作家鄭懷興《紅豆祭》描寫文壇泰斗錢謙益因明亡後仕清的「失節」與其「守節」的柳如是情感衝突。

結 論

本書從接受史的觀點來考察「柳如是」。

無疑的，一代國學大師陳寅恪所撰寫的《柳如是別傳》已將傳主柳如是推向青樓最高處，而陳寅恪自己刳肝瀝血之作亦流傳青史，成爲後人學術研究或改編小說時倚恃甚深的重要書目。這種結合己身遭遇而發憤著述的《柳如是別傳》，通古今之變，成一家之言，實爲陳寅恪自我人格的投射。

孫郁在〈「遺民心態」與「角色化」〉一文中曾提到明、清以後的中國知識分子，有一種現象是很值得研究的，便是「遺民心態」。從顧炎武、黃宗羲、王夫之，到王國維、陳寅恪，幾百年間，文人多講「氣節」，明末清初的「遺民」反抗外族入侵，就是一種「氣節」。

自沉昆明湖、震驚學界的王國維（1877～1927），生前曾對柳如是有如下的詠歎：

> 羊公謝傅衣冠有，道廣性峻風塵稀。纖郎名字吾能意，合是廣陵王草衣。華亭非無桑下戀，海虞初有蠟屐蹤。汪倫老去風情在，出處商量最惱公。幅巾道服自權奇，兄弟相呼竟不疑。莫怪女兒太唐突，薊門朝士幾鬚眉。庚申季夏，野侯先生歸自虞山，得此秘帙。假讀一過，漫賦三章。　觀堂〔註1〕。

〔註 1〕王國維，字靜安，號觀堂。浙江海寧人。清末秀才，受德國唯心主義哲學思想影響。一九〇二年留日回國後，曾講授哲學、心理學等，後入京任職，研究詞曲。辛亥革命後再去日本，專力研究古文字學、古史等。後在上海爲英人哈同編《學術叢編》，一九二五年任清華研究院教授。他以研究詞、曲、《紅樓夢》等著稱於世，所作詩、詞數量不多，詞的成就較高。有著作六十餘種，編爲《海寧王靜安先生遺書》一〇四卷。

發出了「莫怪女兒太唐突」的浩歎，畢竟朝中之士能有幾個像樣的鬚眉？「士大夫之無恥，是謂國恥」之思考模式，自然使人們更驚豔於「自古風塵出烈女」的柳如是，而柳如是這種「屈原式的質性」究竟是文人塑造？抑是她自有的質性呢？或者說，當王國維效法三閭大夫縱身一跳，也完成柳如是未完之舉，屈原——柳如是——王國維三者已雜糅成中國文化的一種「遺民」心態。

王國維的好友陳寅恪，其一生毋寧是個悲劇，他的淵博學識、獨立品格，都與他所處的時代嚴重地對立。他從一開始就一直處於時代主流思潮的邊緣，從域外求學，到治學於清華國學院；從戰亂流亡，到困居嶺南。亂世之苦，一直干擾著他的生活。陳氏差不多經歷了從辛亥革命一直到文化大革命的各個歷史風潮。孫郁直接為陳寅恪貼上了這個「遺民」標籤：

> 陳氏更多給人留下的是一種敬重，彷彿一座難以攀援的高山，他矗立在那兒，以自己的博大，偉岸而顯示著價值，但另一方面他與我們這代人的精神氣質，似乎太遠了。無論是其學識與品格，都不像胡適、周氏兄弟那樣與我們這樣親近。似乎可以說，他是現代中國最後一代「遺民」。
>
> 生於亂世的陳寅恪，除了在學術的跋涉中耗費自己的生命外，不再會有什麼企盼。讀他的詩文，就能感受到他的脆弱，感傷，乃至深切的絕望。在這個意義上，他與王國維的心，是相通的。不要以為那些考據學的文字、文史探索的論著，都是些閑適化或過於職業化的東西。在那些嚴謹、流暢、博識的文字間，難道讀不出他的無奈？陳寅恪的苦悶、求索之情，都外化於那些枯燥的文字間了。他似乎本身就屬於遠古，屬於昨天，除了歷史的長影中上溯人類的脈息，他不再會做些什麼。他永遠不會像梁漱溟，馮友蘭那樣，把自己的熱情，一度外化於這個世界。陳寅恪大概是自覺地把自己看成是共和國中的一個「遺民」，沉默的時光是如此之長，離著文化的中心是如此的遙遠，作為一種價值的選擇，他是獨一無二的失敗的英雄。〔註2〕

「遺民」和「失敗英雄」間是等號嗎？活著的人無法選擇外在的國號更迭，君王的政權輪替更非蚍蜉所能撼動。蟻螞尚且偷生，生於兩個朝代之間的士

〔註 2〕孫郁，〈「遺民」陳寅恪〉，《當代作家評論》，1997 年第 4 期，頁 70～79。

人無端多出一份出處進退的考量，「國」、「家」的鎖鏈畢竟已經開始鬆動，他們只能以寂寞的悲愁和暗淡的感傷無可奈何地體認時代的痛苦。因爲失望於新朝，便不免留念舊朝，成爲新王朝的不合作者。失望之中便常常寄情於舊朝文化，以往昔的時光駐足生命。

陳寅恪從一八九〇年誕生起，到一九六九年含冤而死，他的生命恰恰與中國的文化悲劇光影交疊。以致在死後，他給人間留下了那麼多的遺憾和說不盡的文化話題。而這種「話題」，一如他所稱頌的河東君「獨立之精神，自由之思想」。但「遺民心態」有一個核心問題，即是爲舊的主子守節，今人看來，便不免迂腐。而且「遺民心態」對後代知識分子，也曾產生了負面的影響，這便是「清談」精神。雖然在俗界中多了一片淨土，是民族文化精神尚未墮落的表現之一，但歷代「清談」者，拒不入世，對當時社會的文化建設，是個不小的損失，於是文人越來越邊緣化，鮮於直接影響社會進程。而支撐社會文化旋轉的，大多是品學較遜於「遺民」的人。知識分子與社會的分離，不能說是好，責任不能都在「遺民」那裡，但「遺民」精神延伸的結果，卻是更大的文化蕭條，民風的積重難返。「遺民」式的「清談」固然不可缺少，但更重要的是參與現實變革的務實的人。現實雖非全是淨土，但若無人去改良現狀，淨土從何而來？倘沒有務實者的出現，改造國民性，便是一句空話。柳如是應該就是這種「參與現實變革的務實的人」——殉明不成，便積極從事反清復明大業，也才會讓陳寅恪晚年寫下的《柳如是別傳》充滿了個人情緒性的贊歎感佩之詞：

> 何況出於婉孌倚門之少女，綢繆鼓瑟之小婦，而又爲當時迂腐者所深詆，後世輕薄者所厚誣之人哉！（《柳如是別傳》，頁 4）

只因爲柳如是一生爲的是「反清」，而他個人反對的是一個「精神沉淪、文化不復清明」的時代氛圍；而「復明」終歸落空，陳氏心中清明崇高的盛世也已然成空，陳氏個人情緒的極其私人化以及與現實拒不合作的態度，使他漸漸遠離著民眾，熱衷於古戲，和儒雅的名士之風，與現實的人生遠遠地離開，成爲一處令人憑弔的世界文明古蹟，輝煌矗立在人們逐漸遺落的墮落、邊緣。或許他評價王國維那種爲自由和獨立意志而死的精神，就是一種自評，一如《柳如是別傳》。

滄海桑田，朝代更迭，相距百年、千年的中國文人，對於仕與隱的兩難，對於窮與通的感受，對於忠奸之辨、義利之別的體認，其實都在「選擇」。人無法選擇自己的時代，而且，在選擇的過程中，誰也難免被時代與自身的局限所困擾。只是，我們霍然發現，不僅男子想著這個問題，女流也想著這個問題，她們不再只是「在幽閨自憐」(《牡丹亭・驚夢》語)，不再只是感歎「花落水流江」、「無語怨東風」(皆《西廂記》第一本楔子語)，反而逐東風、掀水流。在考察柳如是一生的過程當中，首先要穿越的陳寅恪「徑曲夢迴」(《牡丹亭・寫眞》語) 的「小庭深院」(《牡丹亭・驚夢》語)，有時難免有作家蔣麗萍的「絕望」之感，城府不僅深且高又廣。但令人思索再三的是，陳寅恪的凝視柳如是，往往是自我的寫眞，「手畫形容，傳於世而後恐。」(《牡丹亭・作者題詞》)，有時不免懷疑柳如是如此的氣節，是她自己？抑或是陳寅恪？誰是臥虎？誰是藏龍？兩人躍離人世的弧度，如此相似重疊而不可分。

話說回來，選擇「柳如是」爲接受史的研究對象，除了爲她慶幸擁有「自己的房間」，回頭低眉檢視自我的夢柳室，深覺現代女性寫作之餘，「時間」眞是緊縮，尤其身爲人母之後，常有分身乏術之歎！許多計畫一再如「拋殘繡線」(《牡丹亭・驚夢》語)。唯一慶幸的是比別人多出的機緣，能親眼目睹到珍貴文物，並紀錄爲圖、爲文。

宋代文獻家鄭樵：「古之學者，爲學有要。置圖於左，置書於右。索象於圖，索理於書。故人亦易爲書，學亦易爲功。舉而措之，如執左契。」左圖右書，是古人讀書的良好習氣，因爲在歷史研究中，文字資料所記錄的，並非實物圖錄，作爲映襯補充，史實眞相才能看得明確透徹。而本書援用民間文學中的小說、插畫，新式傳媒的電影、電視，及古典戲曲、案頭劇本等新材料，擴大了陳寅恪《柳如是別傳》史料來源及論述範圍，應屬本書最可貴之處。

綜看柳如是傳奇的一生：年未半百，從歷劫佳人搖身一變爲尚書夫人，過程曲折；兼之情史不斷，纏綿的愛情故事可供觀眾津津樂道；而「風流放誕絕代才」、「晴空覓個顛狂處」(《戊寅草》〈聲聲令・詠風箏〉語) 的性格特點讓人眼睛爲之一亮；傳世的文學作品又具清詞麗句、用典工妙的特色；明白生死大義，維持疾風知勁草的高風亮節。

以上種種，形成了明末清初到當代四百年間的廣大論述視野，頭緒紛繁(從題詠、筆記、史傳、小說、戲劇到新式傳播媒體電視、電影等)，而且評價歧出。基本上，柳如是善於行銷自己 (幅巾弓鞋)、打造自己 (改名易姓)，也樂於將自己塑造成「愛國志士」的一員。歷代對她念之詠之的國士名姝亦多往此方向標榜，柳如是始終在文化菁英圈中聲名不墜。至於詆毀她的，緊咬其「出身」而「心中有妓」，那就徒呼奈何！新興的媒體傳播以「娛樂休閒」爲重，故飾演柳如是的女演員面貌（參見圖片「劇照八種」：頁 60～65）都是姣好清麗，明眸善睞；又能在「明／清」、「漢／滿」之中，攸關朝代興衰與民族存亡之際宣傳忠義教化。職是之故，從古至今，也就讓閱讀柳如是的接受社群，由雅到俗，菁英與普羅共治。

附錄一、陳寅恪之「別傳」體由來新探

一、前言

陳寅恪之史學研究已成一門學問，《柳如是別傳》之研究亦儼然成爲「柳學」，但在眾多論著中，關於《柳如是別傳》之改名由來，多只是著眼於柳之氣節高於錢氏，陳氏有意表彰紅妝，故改《錢柳因緣詩釋證稿》爲《柳如是別傳》，在學界中廣被徵引之段落爲：

> ……披尋錢柳之篇什於殘闕毀禁之餘，往往窺見其孤懷遺恨，有可以令人感泣不能自已者焉。夫三户亡秦之志，九章哀郢之辭，即發自當日之士大夫，猶應珍惜引申，以表彰我民族獨立之精神，自由之思想。何況出於婉孌倚門之少女，綢繆鼓瑟之小婦，而又爲當時迂腐者所深詆，後世輕薄者所厚誣之人哉！〔註 1〕

果如是乎？筆者披閱若干資料，另有發現，茲論述如下。

二、一副手眼——以詩證史

〔清〕金聖歎自述一己之文學批評，云：

> 聖歎本有才子書六部，《西廂記》乃是其一，然其實六部書，聖歎只是用一副手眼讀得。如讀《西廂記》，實是用讀《莊子》、《史記》手眼讀得；便讀《莊子》、《史記》，亦只用讀《西廂記》手眼讀得。〔註 2〕

〔註 1〕《柳如是別傳》（上海古籍出版社，1980 年 8 月），頁 4。
〔註 2〕〔清〕金聖歎〈讀第六才子書西廂記法〉之九，《金聖歎全集》三冊（臺北：長安出版社，1986 年 9 月），頁 11。

亦即金氏批評六部才子書，用的只是同「一副手眼」，同樣的，陳寅恪一生之學問，概括說來，也是「一副手眼」，此「手眼」乃謂「史有詩心，詩有史筆」，造就其「以詩證史」的方法學。

其「小說學」，無論是從〈讀鶯鶯傳〉或《柳如是別傳》而言，都仍是此「一副手眼」的延續與運用。如讀〈鶯鶯傳〉，關心之處乃在於「鶯鶯傳」爲何又可稱之爲「會眞記」，再由「會眞」一詞推測崔鶯鶯之身分地位，繼而導出「忍情說」產生的時代背景等等，重要性更甚於元（張）、崔愛情之纏綿悱惻。

再如《柳如是別傳》，其老友吳雨僧（宓），在他的日記（1961 年 9 月 1 日）中即有如下記敘：

> ……寅恪細述其對柳如是研究之大綱。柳之愛陳子龍及其嫁牧翁，始終不離其民族氣節之立場，光復故物之活動。不僅其才學高博，足以壓倒時輩也。也談及卞玉京、陳圓圓等與柳之關係。侯朝宗之應試，以父在，不得已而敷衍耳。總之寅恪研究「紅妝」之身世與著作，蓋藉以察出當時政治（夷夏）道德（氣節）之眞實情況，蓋有深意存焉。絕非消閑風趣之行動也。〔註 3〕

說明陳氏著意於「紅妝」之研究旨在通過錢牧齋、柳如是等人詩文的箋釋疏證，具體而有系統地勾勒出明末清初的社會面貌，絕非只是消閑風趣之行動。

而這種「蓋有深意存焉」的寫作風格，也貫穿在陳氏的詩歌中，如吳宓在陳氏〈春盡病起宴廣州京劇團并聽新谷鶯演望江亭中所演與張君秋不同也〉詩後按語：

〔註 3〕轉引自劉以煥《國學大師陳寅恪》（四川：重慶出版社，1996 年 2 月），頁 328。又，如將「紅妝」擴爲一系列，可指：

1935 年	武則天	見〈武曌與佛教〉
1936 年	秦婦	見〈讀秦婦吟〉
1941 年	崔鶯鶯	見〈讀鶯鶯傳〉
1944 年	楊貴妃	見〈長恨歌箋證〉
	韋叢	見〈元微之悼亡詩箋證稿〉
	琵琶女	見〈白香山琵琶引箋證〉
1953 年	陳端生	見《論再生緣》
1954～1964 年	柳如是	見《柳如是別傳》

依然是以「史」爲手眼。

> 諸詩藉閑情以寓意，雖係娛樂事，而寅恪之精神懷抱，悉全部寫出，爲後來作史及知人論世者告。至其記誦之淵博，用語之綰合，寄語之深遠，又寅恪勝過他人處……。〔註4〕

而此種寄寓深遠之詩風，乃出於家學，蔣天樞曾評述道：

> 先生出入唐宋，寄託遙深，尤其于宋詩致力甚久，家學固如是也。〔註5〕

足見其學問也是一以貫之的。

三、《柳如是別傳》之改名由來新探

澳門大學中文系譚世寶在〈錢柳論衡——柳如是別傳讀後〉一文，認爲書名由《錢柳因緣詩釋證稿》變爲《柳如是別傳》，內容理應作相應之大變動，一如《元白詩箋證稿》如易名爲《白居易別傳》，絕非現今面貌。但譚氏認爲陳氏並未作任何調動，其論云：

> 請看在該書完稿後才撰寫的〈緣起〉，仍然處處以「錢柳因緣詩」爲話題。例如，起首的〈詠紅豆〉詩序云：
>
> > 昔歲旅居昆明，偶購得常熟白茆錢氏故園中紅豆一粒，因有箋釋錢柳因緣詩之意，迄今二十年，始克屬草。
>
> 其後所列與撰寫是書有關的各年詩中，還有四首直接提及「錢柳因緣詩」這一主題。並在最後總結說：
>
> > 此稿既以釋證錢柳因緣之詩為題目，故略述釋證之範圍及義例……此書釋證錢柳之詩，止限於詳考本事。至於通常故實，則不加注解……總而言之，詳其所應詳，略其所當略，斯為寅恪釋證錢柳因緣詩之範圍及義例也。
>
> 全文絲毫未提及《柳如是別傳》這個題目，由此可推斷，書題的最後改易，當在〈緣起〉撰定之後。換言之，陳先生在改易書題之後，並沒有再對〈緣起〉及正文作相應的更改。一代宗師，如此處理其生平最巨也是最後的著作，自有其不得不然的主客觀原因。筆者未能參透箇中奧秘，僅就所見之現象向方家提出請教。〔註6〕

〔註4〕《陳寅恪先生編年事輯》，頁175。轉引自前揭書，頁332。

〔註5〕同註4。

〔註6〕《柳如是別傳與國學研究》（中山大學歷史系編，浙江：浙江人民出版社，1995年10月），頁233～234。

譚氏參不透的奧秘，筆者不揣譾陋，推測其原因如下：

1.〈**讀鶯鶯傳**〉**文末曾提及：**

> 鶯鶯傳中張生忍情之說一節，今人視之既最爲可厭，亦不能解其眞意所在。夫微之善於爲文者也，何爲著此一段迂矯議論耶？考趙彥衛〈雲麓漫鈔・捌〉云：
>
> > 唐之舉人先藉當世顯人，以姓名達之主司，然後以所業投獻，踰數日又投，謂之溫卷。如幽怪錄傳奇等皆是也。蓋此等文備衆體，可以見史才，詩筆，議論。
>
> 據此，小說之文宜備眾體。鶯鶯傳中忍情之說，即所謂議論。會眞等詩，即所謂詩筆。敘述離合悲歡，即所謂史才。皆當日小說文中，不得不備具者也。〔註 7〕

認爲小說之文宜備眾體，可以見史才、詩筆、議論。如果以此標準來看《柳如是別傳》，既是箋詩證史的學術著作，也是陳寅恪自創的一種「新傳奇」小說，綜合運用傳、論、述、證的方法，熔史才、詩筆、議論於一爐，將國家興亡之哀痛情感融化貫徹於全篇。

今人劉夢溪以爲：「論著或謂《別傳》篇幅拉得太長，釋證詩文時又脫離本題，枝蔓爲說；當我們知道寅恪先生的『主旨在修史』，便不會怪其釋證趨繁，只能訝其用筆之簡了。」〔註 8〕雖指出其「以詩證史」的治學特色，進一步謂其「借傳修史」，卻忽略了《柳如是別傳》由《錢柳因緣詩釋證稿》之名變易而來，實乃因「別傳」較近小說，陳氏編傳手法最近「唐傳奇」，可以見史才、詩筆、議論。而康來新教授又曾引楊義先生說法，謂「唐人傳奇小說流露詩人氣息」〔註 9〕，並補充云：

> 唐人對文言小說創造性的轉化，莫過於將原來的子史體質，智慧地注入了「詩」的新血輪，遂經營出傳奇的「詩韻樂趣」。……唐傳奇卻是詩／文交融的盡得風流，因爲抒情美感的詩韻，深深滲透敘事

〔註 7〕引自《陳寅恪先生文集之六：元白詩箋證稿》（臺北：里仁書局，1982 年 9 月），頁 116。

〔註 8〕〈以詩證史、借傳修史、史蘊詩心——陳寅恪撰寫柳如是別傳的學術精神和文化意蘊及文體意義〉，《中國文化》第 3 期。

〔註 9〕楊義，《中國歷朝小說與文化》（臺北：業強出版社，1993 年）。該書專章討論唐人傳奇的「詩筆」，見第六章〈唐人傳奇的詩韻樂趣〉。楊氏舉六朝志怪方士氣，宋元話本市井氣，與唐人傳奇詩人氣三者並講。

情境的內裡。〔註 10〕

同樣的，《柳如是別傳》也是詩／文交融，在一代奇女子史蹟的敘事內裡中，滲透具有抒情美感的詩韻。而值得一提的是，宋人羅燁《醉翁談錄》中羅列了一百多種小說名目，籠統可概分爲靈怪、煙粉、傳奇、公案、朴刀、杆棒、妖術、神仙八大類，雖未對傳奇下定義，但根據羅氏在〈小說開闢〉中之傳奇類小說名目共有〈鶯鶯傳〉、〈愛愛詞〉等十八種，可知多爲敘男女愛情故事，而前賢孫楷第認爲：

> 宋人言風土之書，如《夢華錄》、《都城紀勝》、《夢梁錄》、《武林舊事》，記說話人色目略同，除說經演佛經故事，合生商謎爲對答商略外，其演世間事者爲講史小說二類。而小說子目又有四種：曰煙粉，意謂煙花粉黛，男女情感之事也。曰靈怪，神鬼變化及精怪之事也。曰公案，注云：「皆是朴刀杆棒發跡變泰之事」，則是江湖亡命游俠招安受職之事，即俠義武勇之屬矣。曰鐵騎兒，注云：「士馬金戈之事」，語意亦明。曰傳奇，其義難定，或是古今奇節至行，非上四類所能範圍者屬之。凡此數者，後來短篇小說中皆有其體，長篇則傳奇一派，罕見其例。〔註 11〕

結合以上所論，就使人聯想及《柳如是別傳》所敘不僅是柳如是一人之奇節至行，也是一代名姝與當時國士之愛情史詩。故目之爲「傳奇體」，並不爲過，畢竟它已非傳統「別傳」之定義所能局限〔註 12〕。加一「新」字，也代表了時代先後的輝映。

四、藉傳抒情

陳先生在討論錢謙益（牧齋）《杜詩箋注》和朱鶴齡（長孺）《杜詩輯注》時曾特別指出：

〔註 10〕 康來新，《發跡變泰——宋人小說學論稿》（臺北：大安出版社，1996 年 12 月），頁 48～49。

〔註 11〕 見孫氏《中國通俗小說書目》一書之「分類說明」，該書 1993 年初版。

〔註 12〕 據《漢語大詞典》第 2 冊（上海：漢語大詞典出版社，1988 年 3 月），頁 631。「別傳」條釋：史部分類之一，屬於雜史。「別傳」一般記載一人的遺聞逸事，可以補本傳之不足。〔唐〕劉知幾《史通‧雜述》：「賢士貞女，類聚區分，雖百行殊途，而同歸於善。則有取其所好，各爲之錄。若劉向《列女》、梁鴻《逸民》、趙采《忠臣》、徐廣《孝子》，此之謂別傳者也。」姚華《論文後編‧目錄中》：「曰合傳，數人一傳也；曰別傳、外傳，一人數傳也。」

細繹牧齋所作之長箋，皆借李唐時事，以暗指明代時事，並極其用心抒寫己身在明末政治蛻變中所處之環境。實爲古典今典同用之妙文。長孺以其與少陵原作無甚關係，概從刪削，殊失牧齋箋注之微旨。〔註13〕

據其自我解釋，古、今典爲：

自來詁釋詩章，可別爲二。一爲考證本事，一爲解釋辭句。質言之，前者乃考今典，即當時之事實。後者乃釋古典，即舊籍之出處。〔註14〕

而今典常是陳氏用力最勤之處。而其之所以勤於箋釋今典，表面上是談錢注杜詩，是不滿於錢牧齋《有學集》卷三十九〈復遵王書論己所作詩〉所云：

居恆妄想，願得一明眼人，爲我代下註腳。發皇心曲，以俟百世，今不意近得之於足下。〔註15〕

陳氏慨然嘆云：

然則牧齋所屬望於遵王者甚厚，今觀遵王之注，則殊有負牧齋矣。〔註16〕

而其實，以上之感慨都在暗中透露他自己箋釋錢柳因緣詩的隱情。而其《論再生緣》和《柳如是別傳》中，陳氏不時附入自己感慨的詩篇，是他晚年著作，一貫風格中一個不平常的變體。他在暗示讀者，這兩部書並非單純之歷史考證，其中有他自己在內。他乃「極其用心抒寫己身在政治蛻變中所處之環境」，其《柳如是別傳》尤其是「古典今典同用之妙文」，一方面寫錢柳，一方面寫他與夫人之間的關係。如頁911，他在解釋〈和東坡詩〉第一首之後並說：

牧齋實自傷己身不僅不能如東坡有長壯之子徒步隨行，江邊痛哭。唯持孺仲賢妻之河東君，與共患難耳。

這又是陳氏以夫人與柳如是相擬的明證。他在《柳如是別傳》這部晚年著作上，投入了全部的生命和情感。如果其中沒有極深刻的「切己之感」，則此一不平常之變體便成爲難以理解的了。

〔註13〕同註1，頁1000。
〔註14〕同註1，頁7。
〔註15〕同註1，頁11。
〔註16〕同註13。

雖然晚年曾擔任陳寅恪的助手黃萱，在〈懷念陳寅恪教授——在十四年工作中的點滴回憶〉一文中談及此事，認為：

> 他的去留問題，是經過深思熟慮才決定下來的。他留下來，反映了對舊中國的失望和對新中國的期望。我從來沒有聽到他對決定不離開大陸說過後悔的話。〔註17〕

但黃萱該文是在大陸公開發表，文中頗多保留，可信度實在不高，陳寅恪縱使嘴巴不講，但在他的詩文之中卻頗多悔意。〔註18〕

相反的，錢穆這位朋友的回憶，反顯得可靠些，其云：

> 又一日，余特去嶺南大學訪陳寅恪，詢其此下之行止。適是日寅恪因事赴城，未獲晤面，僅與其夫人小談即別。後聞其夫人意欲避去臺北，寅恪欲留粵，言辭爭執，其夫人即一人獨自去香港。幸有友人遇之九龍車站，堅邀其返。余聞此，乃知寅恪決意不離大陸，百忙中未再往訪，遂與寅恪失此一面之緣。〔註19〕

而此一心曲之發覺，實是其箋釋錢柳因緣詩的目的所在。此種藉傳抒情的方法，如果聯想及元稹藉〈鶯鶯傳〉以懺情，則此種變體，早萌芽於一九四一年之〈讀鶯鶯傳〉。而這種藉傳抒情的方式，亦見於其他論述當中。只不過一以懺情，一以古證今，如〈陳述遼史補注序〉云：

> 寅恪僑寓香港，值太平洋之戰，扶疾入國，歸正首丘……回憶前在絕島，蒼皇逃死之際，取一巾箱坊本建炎以來繫年要錄，抱持誦讀。其汴京圍困屈降諸卷，所述人事利害之迴環，國論是非之紛錯，殆極世態詭變之至奇。然其中頗復有不甚可解者，乃取當日身歷目睹之事，以相印證，則忽豁然心通意會。平生讀史凡四十年，從無似此親切有味之快感，而死亡饑餓之苦，遂亦置諸度量之外矣。

陳氏治史隨時隨地古今互證，此乃最明白之第一手證據。他之所以特別對北宋亡國的往事感到「親切有味」，顯然是因為在抗戰初期南京陷落前後的經歷對照之下，這一段往事已不僅是歷史而已，且變成了活生生的現在。正因為陳氏隨時隨地以古證今，所以《柳如是別傳》並不能單純視為表彰柳氏氣節的小說體巨著，而是隨處寓含了「證今」的機鋒在內。

〔註17〕 錢文忠編，《陳寅恪印象》（上海：學林出版社，1997年12月），頁175。

〔註18〕 余英時，《陳寅恪晚年詩文釋證》（臺北：時報文化，1986年12月31日，二版一刷）一書中已詳細探討，此不再引論。

〔註19〕 錢穆，《八十憶雙親‧師友雜憶合刊》（臺北：東大圖書公司，1983年），頁245。

五、興亡離亂之情

柳如是、錢謙益乃亂世兒女，這種時代背景，與陳氏所處境遇相似，因此，陳氏在寫柳氏時特多感受。而此種家國舊情與興亡遺恨之感，在他的詩文集中，亦不時流露。《陳寅恪詩集》中，就有如下許多聯是關涉「興亡」、「家國」、「亂離」，今分別舉之：

1. 興亡

興亡今古郁孤懷，一放悲歌仰天吼。
西山亦有興亡恨，寫入新篇更見投。
猶有宣南溫夢寐，不堪灞上共興亡。
欲著興亡還擱筆，眾生顛倒向誰陳。
興亡欲論何人會，此恨綿綿死未休。
玉顏自古關興廢，金鈿何曾足重輕。
歌舞又移三峽地，興亡誰酹六朝觴。
別有宣和遺老恨，遼金興滅意難平。
興亡總入連宵夢，衰廢難剩錢歲舭。
興亡自古尋常事，如此興亡得幾回。
審音知政關興廢，此是師涓枕上聲。
同入興亡煩惱夢，霜紅一枕已滄桑。
古今多少興亡恨，都赴扶餘短夢中。
紅杏青松畫已陳，興亡遺恨尚如新。
白頭聽曲東華史，唱到興亡便掩巾。
興亡江左自傷情，遠志終慚小草名。
如花眷屬慚雙鬢，似水興亡送六朝。
好影育長終脈脈，興亡遺恨向誰談。
興亡遺事又重陳，北里南朝恨未申。
病餘皮骨寧多日，看飽興亡又一時。
家國舊情迷紙上，興亡遺恨照燈前。

2. 家國

一代儒宗宜上壽，七年國家付長吟。
故國華胥猶記夢，舊時王謝早無家。

兒郎涑水空文藻，家國沅湘總淚流。
頻年家國損朱顏，鏡裡愁心鎖疊山。
衰淚已因家國盡，人亡學廢更如何。
死生家國休回首，淚與湘江一樣流。
狂愚殘廢病如絲，家國艱辛費護持。
家國舊情迷紙上，興亡遺恨照燈前。

3. **亂離**

莫寫浣花秦婦障，廣明離亂更年年。
群心已慣經離亂，孤注方看博死休。
殘剩河山行旅倦，亂離骨肉病愁多。
人心已漸忘離亂，天意眞難見太平。
風騷薄命呼眞宰，離亂餘年望太平。
女痴妻病自堪憐，況更流離歷歲年。
臨老三回值亂離，蔡威淚盡血猶垂。
道窮文武欲何求，殘廢流離更自羞。
七載流離目愈昏，當時微愿了無存。〔註 20〕

陳先生是歷史學家，他敏銳而深沉的興亡感，恰恰是他的史學天才之表現。因爲歷史就是過程，不只政權的更迭和社會制度的變遷，連人事、物態都有自己的興衰史。無視於興亡，不懂興亡，不辨興亡，就不具是歷史學家的資格。陳氏嘆興亡、辨興亡，是爲了總結歷史的經驗教訓，即「審音知政關興廢」，而不是充當某家某姓的歷史辯護人的角色。明清之際的歷史令他感慨萬端，以致在晚年雙目失明的情況下，以十年艱苦卓絕的努力，寫出了專門探討明清興亡歷史教訓的巨著《柳如是別傳》。

又，《柳如是別傳》第五章錢牧齋〈西湖雜詠〉詩，因詩序中有「今此下民，甘忘桑椹。侮食相矜，左言若性」之語，陳氏考證出係用《文選》王元長〈三月三日曲水詩序〉典，目的是：

用此曲罵當日降清之老漢奸輩，雖己身亦不免在其中，然尚肯明白言之，是天良猶存，殊可哀矣。〔註 21〕

〔註 20〕 清華大學出版社，1993 年版，轉引自錢文忠編，《陳寅恪印象》（上海：學林出版社，1997 年 12 月），頁 284～286。

〔註 21〕 同註 1，頁 1023～1024。

表現出寅恪先生對歷史人物一貫所持的「了解之同情」的態度。正因爲陳氏常常將古今情境相互融合，遂能了解、同情歷史人物。

六、司馬氏之遺風

不過，今人鄧瑞〈從柳如是別傳探討陳老的詩證史〉中的一段話，給予筆者另一層的啓示，其云：

> 陳老有著司馬遷寫《史記》的遺風，重視寫社會上被壓迫階層的歷史，司馬遷在《史記・貨殖列傳》中，歌頌布衣匹夫及優秀婦女，如「巴寡婦清，其先得丹穴，而擅其利數世，家亦不貲。清，寡婦也，能守其業，用財自衛，不見侵犯，秦皇帝以爲貞婦而客之，爲築女懷清臺」。描述了寡婦發家致富的事跡，傾動天下，秦皇爲其築懷清臺以示崇敬。又如司馬遷寫「臨邛中多富人，而卓王孫家童八百人……是時，卓王孫有女文君寡，好音，故相如……以琴心挑之。相如之臨邛……及飲卓氏，弄琴，文君竊從户窺之，心悦而好之，……文君夜亡奔相如，相如乃馳與歸成都……買一酒舍酤酒，而令文君當爐，相如身自著犢鼻褌，與保傭雜作，滌器於市中，……卓王孫不得已，分予文君童百人及其嫁時衣被財物，文君乃與相如，歸成都，買田宅，爲富人。」反映了古代婦女要求婚姻自由，發展個性，促進社會的開展與進步。陳老寫出了明清之際被壓迫的柳如是，歌頌她的才華及民族氣節愛國情思，對錢謙益的文士心態、二朝臣子的思想變遷進行論述，表揚了牧齋的文才詩才及晚年的民族氣節。〔註 22〕

我看問題的著眼點不同於鄧氏，陳氏是有著司馬遷之遺風，但無關乎女性題材的選擇，而是《史記》之爲「謗書」、「貶損當世」〔註 23〕這一部分。司馬氏被武帝處以宮刑，「作《景帝本紀》極言其短，及武帝之過，武帝怒而削去之。」〔註 24〕在《史記》中，不少篇章，融有司馬氏自己的情緒在其中，《柳如是別傳》亦然，但不同的是，《史記》不像〈鶯鶯傳〉，可見史才、詩筆、議論三者（詩筆較弱）。〔註 25〕而此亦是正史與「傳奇」、「別傳」之不同所在。

〔註 22〕 同註 4，頁 157～158。

〔註 23〕 〔漢〕班固《典引・序》，見《文選》卷 48。

〔註 24〕 衛宏《漢書儀注》，見〈太史公自序〉《集解》引。

〔註 25〕 雖然李歷程在《司馬遷之人格與風格》（臺北：漢京文化事業有限公司，1983 年 3 月）一書中以「抒情詩人司馬遷」稱之，但此「詩人」意同「文人」，並非眞指作詩。

但有一點需加以補充，即陳氏的史學觀點與方法從早年到晚年都是一以貫之的，衹有具體的研究對象先後不同：他要通過最嚴格最精緻的考據工作來研究中國史上的一些關鍵性的大問題，並盡量企圖從其中獲得關於當前處境的啓示。這正是司馬遷以來所謂「通古今之變」的中國史學傳統；因此陳氏在他的歷史論著中常常在有意無意之間發出「通識古今」的感慨。在史學研究上如此，在文學研究上亦然。所以他解釋古代詩文，不但求其最初出處的「古典」，而且還費心發掘出代表「當時之事實」的「今典」。從早期的中古史研究到晚年關於明、清文學的專著，其中都貫穿著這一「通古今之變」的精神。

七、小結

綜上所論，雖未廣羅證據，然已稍可窺及陳氏曲折之心曲。皇皇巨著，森森論述，揮汗披揀，出以小議，雖非山珍海錯，野人獻廚，冀望諸君爽口！又，或質疑陳氏十年生涯寫就《柳如是別傳》，豈會到頭來僅是自己與妻子之關係的影射。此一問題，亦可以《史記》爲例，司馬遷還在其中寄寓了一己之悲憤，卻不妨礙《史記》史實的記載，同樣，爲柳如是立傳，如能藉之以懺情，豈不雙美？！

附錄二、張壽平教授：縵盦三文

一、〈跋常熟曹大鐵摹「河東君初訪半野堂」畫影本〉

一九八三年冬，縵盦自香港至上海。是夜，譚和盦設宴，宴中識常熟畫家曹大鐵，相談甚懽。

二日後，余欲返無錫，乃順道遊常熟，留宿一日，下榻於大鐵新築之菱花館。

在常熟，余向大鐵詢絳雲樓事，大鐵言：「絳雲樓舊址，昔曾歸曹氏，且即爲其少時讀書習繪事之處。大陸易幟後，彼因懼遭『清算』，而獻諸常熟縣政府，今已爲國有財產。『文革』中，曾建中共幹部學校，今仍爲中共黨政用地。」大鐵語已，欷歔者再。滄桑之變，風流難繼，此斯文之所痛惜，乃令余竟夕未曾合眼。

翌日早餐後，大鐵應余之請求、導余往訪絳雲樓舊址。至則所見唯一大宅，門前站衛兵，門內空地頗廣，而無亭榭，無花木，建築如一般中小學。其況比諸江南尋常院落尚不能及，何足稍留？遂返菱花館。

余又向大鐵詢絳雲樓遺物之歸宿，大鐵言：「絳雲樓以藏書之富著譽於海內，昔年一火（1650），藏書家稱爲『天下圖書一小劫』，然而其書實甚多散在他處者，所知則牧齋姪錢曾之述古堂、瞿氏之鐵琴銅劍樓、黃蕘圃之百宋一廛皆有其書。」大鐵又言：「曹家購得該地時，已爲廢園，一無所有。」又指室中壁上一畫云：「今菱花館內可以稍存牧齋之風流者，唯此本人所摹『河東君初訪半野堂小像』一畫而已。」

余即就畫細觀，又經大鐵解釋，知此畫原本爲乾隆間巨匠余集（秋室）所繪本。余集擅畫美人，世以「余美人」稱之；所繪此像，在世傳柳如是諸像中最得神韻，乃使摹者相踵；大鐵所摹，尤近於海陵朱鶴年所摹本。朱摹原本有鄭文焯、程頌萬、吳梅、吳湖帆等十餘家題詠，此大鐵摹本除自題外亦有名家題詠，凡四家。（但大鐵所摹爲畢仲愷本，見題記。）

臨行，余爲大鐵此畫攝影，得藏其影本。

一九九六年春，上海師範大學教授朱淡文以所著《二十四才女傳》託余轉付臺北淑馨出版社出版，並請余爲補插圖；余即以此影本作其〈俠女名姝——追求人格尊嚴的柳如是〉一篇之插圖。

絳雲樓之化爲天際絳雲久矣！然而牧齋、柳如是事蹟之膾炙人口如故。余氏「河東君初訪半野堂」原畫已不知何在？然而高絡園、朱鶴年、曹大鐵等輾轉相摹，不絕於世。蒼天實未負我輩之風流也。尋思至此，余胸中之壘塊釋然矣。

附大鐵畫題記，題詠於後。

二、〈曹大鐵畫「河東君初訪半野堂小像」題記、題詠〉

曹大鐵自題：

河東君初訪半野堂小像（隸書）

河東君柳隱，吳江舜湖人，本姓楊，名愛兒。又名同，亦名是，字如是。號影憐，又號蘼蕪。白描花卉，工秀絕倫。博覽群籍，能詩文。晚歸虞山錢宗伯謙益，號河東君。初爲西湖之遊，刻西山唱和集。甲申後，嘗勸宗伯殉國難，不從。宗伯卒後，復殉其家難，人多賢之。墓在虞山耦耕堂側。顧苓撰河東君傳，徐英撰柳夫人傳。

癸未二月，依畢仲愷摹本寫此，並錄原題十四行，暨詩人集所載柳隱小傳於雙紅堂下。虞陽少年曹大鐵記

（縵盦按：「又名同」，未見《柳傳》。「西山唱和集」，當爲「東山酬和集」之誤。畢仲愷，名琛，常熟人，擅畫仕女。年輩次於余秋室（集），或爲秋室弟子。其所摹本像，即摹自於余秋室。紀年癸未，爲一九四三年。時大鐵方逾弱冠，故猶自稱「虞陽少年」。）

「錄原題十四行」，詳下：

少僊子題：

後世閨闈前世因，依依楊柳可憐春；趁他未化沾泥絮，青眼先宜看定人！

美人名士兩風流，紅粉欣然對白頭；萬卷吟披天亦妬，烽煙波及絳雲樓！

家難紛乘覺勢孤，千金擲後肯捐軀；女郎幾箇稱儒士，轉恨尚書是丈夫！
乙亥二月寒食前一日　少僊子題于海昌獨坐樓
（縵盦按：大鐵所錄，原題詩三行，年款署名一行。）
附生○○集錢牧齋句：
風雨闌珊春暮時，層樓新樹絳雲題；人間若問章臺事，金屋餘香認舊枝。
獨倚軒牕入畫圖，秋堂人共一燈癯；情知好事成殘夢，紅粉還能入道無？
虞山兩戒一枝來，寄謝詩人莫漫猜！夙世散花天女是，蛾眉祕錄爲君開。
壁月今宵出廣廷，彩雲十日駐青冥；不如且對臙脂畫，共數牕前舊柳星！
（縵盦按：此四詩，尚待與錢集互勘。）
藝風題：
我聞室裏兩心知，惜玉憐香捧硯時；巾帽雍容儒士服，湖山跌宕美人詩。
三生業與名士接，一死能傳大義持；惜惜芳蹤追盼盼，閨襜風範愧鬚眉。
僕埜世兄屬題藝風
（按：藝風，當即藝風堂主人繆荃孫（1844～1919）。下有一印，當爲大鐵錄畢印記。又按：原詩並上下款書五行，並前錄詩共十四行。大鐵謂「錄原題十四行」，當止於此。）
牛峰沈鈞題：
唱遍鴛湖百韻詩，春光如夢柳如絲；人間又是三千歲，誰寫東風豔一枝？
滿眼滄桑恨有無，香盟未冷舊蘼蕪；點妝收拾菱花鏡，巾帽風流別樣摹。
尚書紅粉兩堪哀！拚比情天煉劫灰；省識女兒身自在，絳雲一片忽飛來。
朱鳥牕虛夜不扃，湘簾繡幾隱娉婷；銷魂豈獨虞山叟，累爾連宵望柳星。
志侯先生屬題　牛峰沈鈞時客武林旅舍（縵盦按：大鐵所錄，原題詩並年款署名共五行）

三、〈李葆恂本名、改名試測〉

◎ 李葆恂（1859～1915），原名珣，字寶卿，或署葆珣，號文石。或謂「原名恂」，當誤。珣，美玉名，見《爾雅．釋地》。名珣，字寶卿，號文石，三者相合。（珣爲美玉，玉即美石。《說文》云：「玉，石之美有五德者。」故李氏名珣而號「文石」。又，玉稱寶玉，故名珣而字「寶卿」。其或署葆珣者，葆通寶，見字典。）

◎ 改名葆恂，恂與珣同音，通循。

改名葆恂者，殆以恂通循而取葆其本眞而循乎世變之義。故又號「叔默」，取默然循世升沉之義。此當因戊戌政變（1898）前後，世變無常而改名。

◎ 辛亥（1911）後又改名「理」，字寒石。理，治玉也，見《說文》。此亦從其原名珣字改。此謂民國肇興，國或可治，而玉石亦或得治之而成器。其改字寒石者，玉性本寒，白居易詩云：「角枕截寒玉。」故改名理（治玉）而改字寒石，殆謂：雖非寒玉，亦爲寒石。

◎ 世或以爲李氏原名「恂」者，殆以「後名」作「前名」。（如《梵天廬叢錄》謂李氏原名恂。）

◎ 李氏《柳如是像題記》，初署「紅羸（螺）山人李珣」，後署「光緒二十一年歲在乙未十月望日紅螺山人李葆珣」。此正可證明李氏原名珣，或署葆珣。光緒二十一年（1895）李氏三十七歲時尚未改名。

同上《柳如是像》諸題記中費念慈、琴志鼎、程頌萬、沈塘四題皆紀年光緒辛丑，即光緒二十七年（1901），稱李氏「叔默先生」。此時，李氏當已改名葆恂而字叔默。（時爲戊戌政變後三年。）

附錄三、《柳如是詩文集》目次

	《戊寅草》	《湖上草》	《尺牘》	《東山訓和集》	《詩文補輯》	總計
序	陳子龍		林雪	沈璜、孫永祚	鄒斯漪	
寫作年代	崇禎 6～11 年	崇禎 12 年	崇禎12～13年	崇禎13～15年		
詩	106 首	35 首		18 首	34 首	193 首
詞	31 闋				2 闋	33 闋
文	賦 3 篇		尺牘 31 通		4 篇	38 篇

《戊寅草》

序	陳子龍
詩 106 首	
〈擬古詩十九首・行行重行行〉	
〈擬古詩十九首・青青河畔草〉	
〈擬古詩十九首・青青陵上柏〉	
〈擬古詩十九首・今日良晏會〉	
〈擬古詩十九首・西北有高樓〉	
〈擬古詩十九首・涉江採芙蓉〉	
〈擬古詩十九首・皎皎明月光〉	
〈擬古詩十九首・冉冉孤生竹〉	
〈擬古詩十九首・庭中有佳樹〉	
〈擬古詩十九首・迢迢牽牛星〉	

〈擬古詩十九首・迴車駕言邁〉
〈擬古詩十九首・城東高且長〉
〈擬古詩十九首・驅車上東門〉
〈擬古詩十九首・去者日以疏〉
〈擬古詩十九首・人生不滿百〉
〈擬古詩十九首・凜凜歲云暮〉
〈擬古詩十九首・孟冬寒氣至〉
〈擬古詩十九首・客從遠方來〉
〈擬古詩十九首・明月何皎皎〉
〈遣懷二首〉
〈曉仙謠〉
〈游龍潭精舍登樓作時大風和韻〉
〈白燕庵作〉
〈西洲曲倣古作〉
〈傷歌〉
〈六憶詩〉六首
〈楊白花〉
〈寒食雨夜〉十絕句
〈獨坐〉二首
〈詠蕙蘭〉
〈初夏感懷〉四首
〈送別〉二首
〈聽鐘鳴〉
〈悲落葉〉
〈五日雨中〉
〈遙夜感懷〉
〈長歌行〉三首
〈劍術行〉
〈懷人〉
〈朱子莊雨中相過〉
〈爲郎畫眉伐人作〉
〈楊柳〉

〈柳花〉
〈西河柳花〉
〈遊鴛湖作〉
〈春江花月夜〉
〈六憶詩〉六首
〈贈友人〉
〈觀芙蓉池〉
〈懊儂詞〉
〈送曹鑒躬奉使之楚藩〉二首
〈採蓮曲〉
〈月夜登樓作〉
〈贈宋尚木〉
〈初秋〉八首
〈秋夜雜詩〉四首
〈七夕〉
〈曉發舟至武塘〉二首
〈月夜舟中聽友人絃索〉
〈秋深入山〉
〈八月十五夜〉
〈答汪然明〉
〈九日作〉
〈秋盡晚眺〉二首
〈詠晚菊〉
小令 35 首
〈夢江南・懷人〉二十首
〈聲聲令・詠風箏〉
〈更漏子・聽雨〉二首
〈江城子・憶夢〉
〈訴衷情近・添病〉
〈兩同心代人作・夜景〉
〈踏莎行・寄書〉
〈浣溪沙・五更〉

〈河傳・憶舊〉
〈少年遊・重遊〉
〈南鄉子・落花〉
賦 3 篇
〈秋思賦〉
〈別賦〉
〈男洛神賦〉有序

《湖上草》

〈雨中游斷橋〉
〈上巳〉
〈西陵〉十首
〈寒食〉
〈清明行〉
〈月夜登湖心亭〉
〈冷泉亭作〉
〈西湖〉八絕句
〈岳武穆祠〉
〈贈汪然明〉
〈過孤山友人快雪堂〉
〈游淨慈〉
〈贈劉晉卿〉
〈于忠肅祠〉
〈游龍井新庵〉
〈贈陸處士〉
〈西湖採蓴〉
〈出關外別汪然明〉
〈題祁幼文寓山草堂〉

《尺牘》

〈柳如是尺牘小引〉	林雪

《東山詶和集》

《東山詶和集・序》	沈璜
〈東山詶和賦〉	孫永祚
卷一	
〈庚辰仲冬訪牧翁於半野堂，奉贈長句〉	柳是
〈柳如是過訪山堂，枉詩見贈，語特莊雅，輒次來韻奉答〉	錢謙益
〈半野堂喜値柳如是，用牧翁韻奉贈〉	程嘉燧
〈次牧翁韻再贈〉	程嘉燧
〈冬日同如是泛舟有贈〉	錢謙益
〈次日疊前韻再贈〉	錢謙益
〈次韻奉荅〉	柳是
〈次牧翁泛舟韻〉	程嘉燧
〈寒夕文讌，再疊前韻。是日我聞室落成，延河東君居之〉	錢謙益
〈半野堂夜集惜別，仍次前韻〉	程嘉燧
〈半野堂讌集，次牧翁韻奉贈我聞居士〉	徐錫胤
〈迎春日偕河東君泛舟東郊作〉	錢謙益
〈迎春日偕河東君泛舟東郊作次韻〉	柳是
〈春日我聞室作，呈牧翁〉	柳是
〈河東春日詩有「夢裏愁端」之句，憐其作憔悴之語，聊廣其意〉	錢謙益
〈除夕山莊探梅，口占報河東君〉	錢謙益
〈庚辰除夜偕河東君守歲我聞室中〉	錢謙益
〈除夕次韻〉	柳是
〈辛巳元日雪後與河東君訂春游之約〉	錢謙益
〈元日次韻〉	柳是
〈新正二日偕河東君過拂水莊，梅花半開，春條乍放，喜而有作〉	錢謙益
〈新正二日偕河東君過拂水莊，梅花半開，春條乍放，喜而有作，次韻〉	柳是
〈上元夜，同河東君泊舟虎丘西溪，小飲沈璧甫齋中〉	錢謙益
〈上元夜，同河東君泊舟虎丘西溪，小飲沈璧甫齋中，次韻〉	柳是
〈次韻示河東君〉	錢謙益
〈辛巳元夕，牧翁偕我聞居士載酒攜燈過我荒齋，牧翁席上詩成，依韻奉和〉	沈璜
〈辛巳元夕，牧翁偕我聞居士載酒攜燈過我荒齋，牧翁席上詩成，依韻奉和〉	蘇先
〈鴛湖舟中送牧翁之新安〉	柳是

〈有美一百韻，晦日鴛湖舟中作〉	錢謙益
卷二	
〈西溪永興寺看綠萼梅有懷〉	錢謙益
〈次韻永興看梅見懷之作〉	柳是
〈二月九日再過永興看梅，梅花爛發，彷彿有懷，適仲芳以畫冊索題，遂作短歌書於紙尾〉	錢謙益
〈橫山江氏書樓〉	錢謙益
〈二月十二春分日橫山晚歸作〉	錢謙益
〈二月十二春分日橫山晚歸作次韻〉	柳是
〈陌上花樂府，東坡記吳越王妃事也。臨安道中感而和之，和其詞而反其意，以有寄焉〉	錢謙益
〈奉和陌上花〉三首	柳是
〈響雪閣〉	錢謙益
〈禊後五日，浴黃山下湯池，留題四絕句，遙寄河東君〉	錢謙益
〈奉和黃山湯池留題遙寄之作〉	柳是
〈六月七日迎河東君於雲間，喜而有述〉四首其一	錢謙益
〈六月七日迎河東君於雲間，喜而有述次韻〉四首其一	徐波
〈六月七日迎河東君於雲間，喜而有述次韻〉四首其一	朱隗
〈六月七日迎河東君於雲間，喜而有述次韻〉四首其一	林雲鳳
〈六月七日迎河東君於雲間，喜而有述次韻〉四首其一	周菼
〈六月七日迎河東君於雲間，喜而有述次韻〉四首其一	張紀
〈六月七日迎河東君於雲間，喜而有述次韻〉四首其一	馮班
〈六月七日迎河東君於雲間，喜而有述次韻〉四首其一	錢龍躍
〈六月七日迎河東君於雲間，喜而有述〉四首其二	錢謙益
〈六月七日迎河東君於雲間，喜而有述次韻〉四首其二	徐波
〈六月七日迎河東君於雲間，喜而有述次韻〉四首其二	朱隗
〈六月七日迎河東君於雲間，喜而有述次韻〉四首其二	林雲鳳
〈六月七日迎河東君於雲間，喜而有述次韻〉四首其二	馮舒
〈六月七日迎河東君於雲間，喜而有述次韻〉四首其二	何雲
〈六月七日迎河東君於雲間，喜而有述次韻〉四首其二	馮班
〈六月七日迎河東君於雲間，喜而有述次韻〉四首其二	陳玉齊
〈六月七日迎河東君於雲間，喜而有述〉四首其三	錢謙益
〈六月七日迎河東君於雲間，喜而有述次韻〉四首其三	徐波

《詩文補輯》

〈詠睡蝶〉
〈題顧橫波所寫墨蘭冊葉〉十冊
〈詠竹〉
〈詠梅〉
〈題畫詩〉八首
〈嘉蓮〉
〈題畫梅〉
〈夜起〉殘句
〈題望海樓〉
〈壽陳徵君〉殘句
〈七言聯句〉
詞 2 闋
〈金明池・詠寒柳〉
〈垂楊碧〉
文 4 篇
〈遺囑〉
〈許妹氏〉
〈寄錢牧齋書〉
〈古今名媛詩詞跋〉

附錄四、柳如是年譜簡表

柳是，本姓楊，名愛，字蘼蕪，後改今姓名，又名因，又名隱，字如是，小字影憐，號我聞居士，又稱河東君，浙江嘉興人，盛澤歸家院妓，爲名妓徐佛弟子。曾結識婁東張溥（天如），至松江訪陳子龍（臥子），與新安汪汝謙（然明）同遊西湖，後與錢牧齋結褵於芙蓉舫中。

朝代年號	西元		柳如是			錢謙益、陳子龍
		柳歲	重要事蹟	錢歲	陳歲	重要事蹟
明萬曆四六年	1618	1	柳如是生於浙江嘉興。	37	11	
明萬曆四七年	1619	2		38	12	陳子龍文定，對象是宦門名儒張方同長女。
明天啓六年	1626	9		45	19	十二月父卒，陳子龍成爲一家之主。
明崇禎元年	1628	11		47	21	陳子龍服孝期滿，迎張氏入門。
明崇禎二年	1629	12		48	22	陳子龍加入以張溥爲首的復社。
明崇禎三年	1630	13		49	23	陳子龍赴金陵省試，中舉。
明崇禎四年	1631	14	被賣入周道登家爲周老夫人侍婢，後被周道登強索爲侍妾。	50	24	陳子龍赴京應殿試，不第。

明崇禎五年	1632	15	從周道登家流落松江，改「雲娟」之舊名為「影憐」，重返盛澤歸家院。以「相府下堂妾」的身分高自標置，自備畫舫，浪跡吳越間，開始浮家泛宅的游妓生涯。十一月為陳眉公祝壽，認識陳子龍等知名人士。	51	25	陳子龍遇柳如是。
明崇禎六年	1633	16	春，柳如是與陳子龍相戀。陳子龍為柳如是作〈青樓怨〉七絕二首。秋，陳子龍北上京城赴會試，柳如是贈詩〈送別〉五律二首。	52	26	
明崇禎七年	1634	17	柳如是第一次嘉定之游。	53	27	陳子龍再赴殿試，仍不第。
明崇禎八年	1635	18	春，與陳子龍同居松江南園。陳子龍作〈櫻桃篇〉、〈秋潭曲〉，柳如是作〈游龍潭精舍登樓作，時大風，和韻〉等。	54	28	秋，陳子龍因為家中反對聲浪，柳如是被迫離開，後重返盛澤歸家院。
明崇禎九年	1636	19	見張西銘，移居雲間。柳如是第二次嘉定之游，以履前約。	55	29	
明崇禎十年	1637	20		56	30	陳子龍三赴殿試，進士及第。是年丁憂（繼母），他未及奉派即請返鄉服喪。
明崇禎十一年	1638	21	柳如是刊刻《戊寅草》，署「柳隱如是著」。 秋，應邀赴杭州，住汪汝謙橫山別墅。在杭期間，柳如是作〈西陵〉十首，經汪汝謙介紹，結識謝三賓。	57	37	陳子龍為《戊寅草》作〈序〉。
明崇禎十二年	1639	22	初春作〈西湖八絕句〉，刊刻《湖上草》，亦署「柳隱如是著」。 會牧齋，並同游西湖。	58	32	錢謙益在草衣道人王修微家得見柳如是〈西湖八絕句〉詩，對「桃花得氣美人中」句激賞不已。
明崇禎十三年	1640	23	冬訪錢牧齋。居我聞室度歲。	59	33	牧齋為柳如是築我聞室居之。 陳子龍始任公職。

明崇禎十四年	1641	24	正月二日與牧齋過拂水山莊。與牧齋爲西湖之游。六月七日與錢牧齋結褵於芙蓉舫中。冬至與牧齋游京口，指顧金、焦二山，扶病弔金山古戰場，慕梁紅玉之爲人。	60	34	
明崇禎十六年	1643	26	絳雲樓成，入居絳雲樓，柳如是延請黃媛介在絳雲樓作伴。	62	36	絳雲樓上梁。以詩代文。〈河東君傳〉云：築絳雲樓於半野堂之後。仿李易安翻書賭茗故事。至廣陵與李懋明諸公謀國事。送李北上。自記艱危執手。潸然流涕。是年瞿氏梓先生《初學集》成。
清順治元年	1644	27	從牧齋至南京，道出丹陽。與隴西君有舊約，以問郎玉篆贈別。甲申南都錢爲大宗伯，一日讌客，隴西君在坐，柳遣婢出問起居，以玉篆歸之。三月，李自成陷北京，崇禎自縊。柳如是在黃媛介畫上揮筆題下陳氏贈詩。	63	37	五月十五日，明福王朱由崧即位於南京，改年號弘光。起用錢謙益爲禮部尙書，柳如是隨夫至南京赴任，道出丹陽，柳如是與兵部尙書阮大鋮巡視江防。
清順治二年	1645	28	留居南京，五月南都亡，勸牧齋死，牧齋謝不能，柳如是投水自裁，獲救。	64	38	秋，牧齋北行，柳留金陵。明年六月，牧齋以疾自免歸。
清順治三年	1646	29	十一月十八日，瞿式耜等擁立明桂王朱由榔在肇慶稱王，改元永曆。冬，反清義士黃毓祺冒雪訪紅豆山莊，柳如是傾其所有，助餉義舉。	65	39	正月，錢謙益被授內秘書院學士兼禮部侍郎，充修明史副總裁。六月，稱疾乞歸。返回南京，攜柳如是同返常熟。 陳子龍祖母去世，他即請加入吳易領導之義軍抗清運動，五月殉國。
清順治四年	1647	30	江陰黃毓祺起兵，柳如是至海上犒師，三月晦日，牧齋被逮，冒死扶病隨行，上書陳情，誓願代死或從死。及牧齋下江寧獄，	66		

			柳如是傾家營救，挈重賄至北京，行賂權要。〔註 1〕			
清順治五年	1648	31	生女〔註 2〕。四月，黃毓祺被捕。錢謙益被株連，羈囚南京獄。經柳如是全力奔走營救，請託斡旋，得以免禍。出獄後，寄寓拙政園（參見圖片頁 17，寓所篇）。	67		
清順治六年	1649	32	錢、柳夫婦返回常熟〔註3〕，暗中展開復明活動。佐牧齋編選《列朝詩集・閏集》香奩詩成。	68		
清順治七年	1650	33	冬，絳雲樓火災，移居於紅豆莊。	69		三月，黃宗羲至常熟，住錢氏絳雲樓，共商反清復明大計。錢謙益深夜贈白銀七兩作爲路費，告以此乃內人（柳如是）之意。黃宗羲後作〈八哀〉詩致感，其一有云「紅豆俄飄迷月路，美人欲絕指箏弦」。五月，錢謙益親赴浙江金華，第一次游說金華總兵馬進寶反清，往返歷時月餘。
清順治八年	1651	34		70		爲黃宗羲之弟宗炎作書，赴金華與馬進寶聯絡。
清順治九年	1652	35	錢、柳夫婦與西南和東南海上反清復明勢力聯絡。冬，姚志卓、朱全古赴紅豆山莊，帶來李定國蠟書與鄭成功密函。魏耕赴常熟，與商反清復明大計。	71		

〔註 1〕本條繫年採陳寅恪說法：「前已考定牧齋因黃案被逮至南京，實在順治四年丁亥四月。」（《柳如是別傳》，頁 956）另，據《清史稿・本傳》與金鶴沖《錢牧齋先生年譜》，錢謙益因黃毓祺案被禍，當在戊子年（1648）而非丁亥年（1647）。

〔註 2〕本條繫年採劉燕遠女士〈柳如是年譜〉說法。另，胡文楷《清錢夫人柳如是年譜》，採 32 歲生女。

〔註 3〕本條繫年採劉燕遠女士〈柳如是年譜〉說法。另，周法高先生〈柳如是年表〉則繫於清順治七年。

清順治十年	1653	36	明魯定西侯、抗清名將張名振水軍經白茆港，錢、柳夫婦攜酒勞軍〔註 4〕。	72		
清順治十一年	1654	37	八月，姚志卓赴紅豆山莊求助。柳如是傾囊助餉，使其化裝成五百羅漢之神武軍。柳如是助鄭成功進兵長江地區。	73		四月，錢謙益第二次赴金華，藉馬進寶四十歲祝壽之機，進行游說策反。
清順治十二年	1655	38		74		八月，五百羅漢神武軍入海攻打崇明，事敗全部罹難。冬，錢謙益遠游淮甸，訪總督漕運蔡魁吾，意在復明。歸途於南京度歲，與義士魏耕等聯絡復明活動。
清順治十三年	1656	39	移居芙蓉莊。	75		
清順治十四年	1657	40		76		錢謙益再赴南京，接應鄭成功收取南都。七月，鄭成功興師北伐浙江。
清順治十五年	1658	41		77		五月，鄭成功第二次率師北上。 錢謙益元配陳夫人卒。 中秋日採花釀天酒告成，牧齋戲作〈採花釀酒歌示河東君〉。
清順治十六年	1659	42	柳如是勸服其他明遺民加入金陵鄭氏所部。	78		五月，鄭成功第三次北伐南京，與監軍、抗清名將張煌言會師北上，六月克鎮江，七月圍南京，因輕敵中緩兵之計，二十三日敗兵，二十四日撤至鎮江。八月十日，錢謙益乘小舟赴松江，意在勸阻鄭成功不要撤軍。因鄭成功水師已撤離，未果。又赴崇明，與鄭成功晤會，八月十九日從崇明返回白茆鎮。受鄭成功之托，爲議和撫局奔走。

〔註 4〕本條繫年採劉燕遠女士〈柳如是年譜〉說法。另，周法高先生〈柳如是年表〉則繫於清順治十一年之中。

清順治十七年	1660	43		79		清廷頒布遷界海禁令。
清順治十八年	1661	44	招無錫翰林趙月潭之三子趙管爲贅壻，女兒、女壻隨柳如是同住紅豆山莊。鄭成功收復臺灣。九月九日，牧齋生日，遣僮探得紅豆子一顆。年杪，徙居半野堂。	80		三月晦日，紅豆村莊被盜。紅豆樹二十年不花，五月始花，牧齋賦詩美之。
清康熙元年	1662	45	柳如是與女兒、女壻仍留住紅豆山莊。	81		四月，永曆帝被執遇害。清水師封鎖白茆港。錢謙益移回城內舊居。
清康熙二年	1663	46	秋，柳如是下髮入道。	82		夏，鄭成功逝世。牧齋爲如是下髮入道而賦七律二首。
清康熙三年	1664	47	六月二十八日因族人威逼索財而自縊。	83		五月二十四日牧齋卒。

參考資料：

1. 周法高，〈柳如是年表〉，《柳如是事考》（臺北：作者自印本，1978 年 7 月），頁 60～67。
2. 陳寅恪，《柳如是別傳》（北京：生活・讀書・新知三聯書店，2001 年 1 月 1 版，2001 年 5 月 3 刷）。
3. 胡文楷，《清錢夫人柳如是年譜》（臺北：商務印書館，1981 年 4 月）。
4. 孫康宜著，李奭學譯，〈年譜簡表〉，《陳子龍柳如是詩詞緣》（臺北：允晨文化，1992 年 2 月），頁 29～31。
5. 劉燕遠，〈柳如是年譜〉，《柳如是詩詞評注》（北京：北京古籍出版社，2000 年 1 月），頁 279～292。

附錄五、柳如是相關題詠目次（計 258 人 771 首）

序號	作　者	題目	出處、數	小計	累計
001	吳湖帆	〈章台柳〉詞三闋	康來新教授藏畫，圖片頁 41	3	3
002	吳梅	〈浣溪紗〉詞二闋	康來新教授藏畫，圖片頁 42	2	7
		〈浣溪紗·河東君小象集牧齋詩〉詞一闋		1	
		〈眉嫵·河東君妝鏡，偕曹君直元忠作〉詞一闋		1	
003	許振禕	七絕六首	康來新教授藏畫，圖片頁 43	6	13
004	李葆恂	〈題河東君儒服小象集牧齋句〉七絕八首	康來新教授藏畫，圖片頁 44	8	21
005	胡延苾芻	〈南歌子〉詞一闋	康來新教授藏畫，圖片頁 45	1	22
006	金震	七絕一首	康來新教授藏畫，圖片頁 45	1	23
007	費念慈	〈黃秋士畫河東君小像，次蒙叟集中韻〉七律三首	康來新教授藏畫，圖片頁 46	3	26
008	康曾定	詞一闋	康來新教授藏畫，圖片頁 47	1	27
009	黎承忠	七絕五首	康來新教授藏畫，圖片頁 47	5	32

010	琴志鼎	詞一闋	康來新教授藏畫，圖片頁 48	1	33
011	程頌萬	詞一闋	康來新教授藏畫，圖片頁 49	1	36
		〈題中實所藏柳如是畫柳，馬湘蘭畫蘭〉七絕二首		2	
012	嚴幾道	七律二首	康來新教授藏畫，圖片頁 50	2	38
013	叔問	七絕三首附李葆珣題跋	康來新教授藏畫，圖片頁 51	3	41
014	鄧邦述	〈浣溪沙〉詞二闋	康來新教授藏畫，圖片頁 52	2	43
015	樹蔚	七絕四首、五律一首	康來新教授藏畫，圖片頁 53	5	48
016	吳鼒	七律一首	康來新教授藏畫，圖片頁 54	1	49
017	沈塘	七絕四首	康來新教授藏畫，圖片頁 54	4	53
018	紅豆老人錢謙益	〈柳河東夫婦題銘書畫硯〉七絕一首、附夢樓記		1	84
		〈姚叔祥過明發堂共論近代詞人戲作絕句十六首〉其十二七律一首	《初學集詩註》卷十七，頁十五	1	
		〈又書夏五集後示河東君〉七律一首	《有學集詩註》卷三，頁十八	1	
		〈又燈下看內人插瓶花戲題四絕句〉四首	《有學集詩註》卷二十下，頁十九	4	
		〈又絳雲樓上梁以詩代文八首〉七律八首	《有學集詩註》卷二十下，頁二十四	8	
		〈又和東坡西臺詩韻六首并序〉七律六首	《有學集詩註》卷一，頁五	6	
		〈又病榻消寒雜詠四十六首〉其三十五、三十六七律二首	《有學集詩註》卷十四，頁三十二	2	
		〈又後秋興之三〉七律八首	《投筆集箋註》卷上，頁四	8	
019	程嘉燧	〈虞山舟次値河東君，用韻輒贈〉七律一首		1	108

		〈再贈河東君，用柳原韻〉七律一首		1	
		〈今夕行〉七古一首		1	
		七絕三首		3	
		七律一首		1	
		七律一首		1	
		〈朝雲詩〉七律八首		8	
		〈緪雲詩〉七律八首		8	
020	陳繼儒	〈贈楊姬〉五絕一首		1	109
021	宋徵璧	〈秋塘曲〉七古一首		1	110
022	李雯	〈題內家楊氏樓〉七律一首		1	112
		〈坐中戲言分贈諸妓〉七律一首		1	
023	汪汝謙	〈余久出遊，柳如是校書過訪，舟泊關津而返，賦此致懷〉七律一首		1	114
		〈無題〉七律一首		1	
024	徐士俊	〈菩薩蠻〉二闋		2	116
025	馮舒	七律四首		4	120
026	何雲	〈疏影·詠梅，上牧翁〉一闋		1	121
027	顧茂位	殘句		1	122
028	程先貞	七絕一首		1	123
029	謝三賓		《一笑堂詩集》	37	160
030	陳子龍	〈秋潭曲·偕燕又讓木楊姬集西潭舟中作〉七絕四首	《陳忠裕全集》卷十，頁十三	4	211
		〈又秋夕沈雨偕燕又讓木集楊姬館中是夜姬自言愁病殊甚而余三人者皆有微病不能飲也〉七律二首	《陳忠裕全集》卷十五，頁十六	2	
		〈滿庭芳〉詞一闋		1	
		〈擬別賦〉一首		1	
		〈採蓮賦〉一首		1	
		〈擬古詩十九首〉		19	
		〈長歌行〉三首		3	

		〈劍術行〉一首		1	
		〈寒食行〉一首		1	
		〈長相思〉一首		1	
		〈上巳行〉一首		1	
		〈七夕〉七律二首		2	
		〈五日〉七律二首		2	
		〈初秋〉七律八首		8	
		〈八月十五夜〉七律二首		2	
		〈浣溪紗・五更〉詞一闋		1	
		〈踏莎行・寄書〉詞一闋		1	
031	黃媛介	〈眼兒媚・謝別柳河東夫人〉詞二闋	《眾香詞・樂集》	2	213
032	汪菊孫	〈河東君妝鏡詩〉七絕一首	《柳如是別傳》，頁 272	1	214
033	吳偉業	〈題鴛湖閨詠〉七律一首	《梅村家藏稿》卷六，頁五	1	215
034	楊絳子	〈高陽臺・春柳，寄愛姊〉一闋	《全清詞鈔》頁一五四五	1	216
035	龔鼎孳	〈輓河東夫人〉五律二首	《定山堂詩集》卷十四，頁十六	2	219
		〈嚴武伯千里命駕且爲虞山先生義憤有古人之風其歸占此送之〉七絕一首	《定山堂詩集》卷四十二	1	
036	趙昭	〈虞山錢太史柳君春日采蘭忽得雙丫復以並蒂植之庭中命余圖焉時席試湯餅會諸名閨共賦采蘭詞余亦成詠〉七絕一首	《清代閨閣詩人微略》卷一頁十三引《檇李詩繫》	1	220
037	顧苓	〈七夕客從虞山來夜話〉七律三首	《塔影園詩集》	3	224
		〈道中寄錢牧齋先生〉七律一首		1	
038	王澐	〈虞山行〉一首	《王義士輞川詩鈔》卷三	1	241
		〈虞山柳枝詞〉十四首	《王義士輞川詩鈔》卷六	14	

		〈和董閬石弔河東君韻二首〉七絕二首	袁瑛《我聞室賸稿》	2	
039	陸毅	〈舟中偶攜牧翁集吟諷竟日及艤棹山莊，訪明發耦耕諸跡蕩然無存，後人不免飢寒之困。爲賦長句二章聊助歎息〉七律二首	《北盧詩鈔》卷下，頁二十九	2	243
040	厲鶚	〈秦淮懷古四首〉其二七律一首	《樊榭山房續集》卷四	1	244
041	袁枚	〈題柳如是畫像〉七古一首	《小倉山房詩集》卷十三	1	248
		〈拂水山莊三首〉七律三首	《小倉山房詩集》卷二十一頁二十	3	
042	趙翼	〈題柳如是小像〉七古一首	《甌北詩鈔》	1	250
		〈和友人拂水山莊感賦原韻〉七律一首	《甌北詩鈔》	1	
043	陳文述	〈柳如是初訪半野堂小像〉七古一首	《碧城僊館詩鈔》卷二、《頤道堂詩外集》卷七，頁二十九	1	286
		〈柳如是沉香筆筒〉七律四首	《碧城僊館詩鈔》卷六、《頤道堂詩外集》卷七，頁三十	4	
		〈湖上懷柳如是〉七律一首	《西泠閨詠》卷十，頁十六	1	
		〈蘼蕪泉〉五律一首	袁瑛《我聞室賸稿》	1	
		〈錢牧齋遺宅二首〉七律二首	袁瑛《我聞室賸稿》	2	
		〈半野堂並序〉七律一首	袁瑛《我聞室賸稿》、《頤道堂詩選》卷九，頁八	1	
		〈梅史以詩假余畫舫，泛月西湖，并酹河東君下，書此奉答〉七律一首	袁瑛《頤道堂詩選》卷十，頁十三	1	
		〈七月十五日邀同梅史、爽泉、小園、銕珊，尙湖秋泛，酹酒河東君墓下，並訪蘼蕪泉，歸途雨後見月〉七古一首	袁瑛《我聞室賸稿》、《頤道堂詩選》卷十，頁十三至十四	1	

		〈題河東君像并妝鏡拓本冊〉七絕二首	袁瑛《我聞室賸稿》、《頤道堂詩選》卷十，頁十一至十二	2	
		〈靡蕪冢辭〉一首	費念慈抄本、《頤道堂詩選》卷十，頁十一至十二	1	
		〈題錢牧齋柳如是東山倡和小像。呂海山作，顧云美跋。東山，半野堂後土山也。亦伯生所藏，乙酉年題。〉七律一首	《頤道堂詩選》卷二十九，頁二十七至二十八	1	
		〈昔年在晨霞樓觀雲間畫史吳硯生寫河東君訪半野堂像，曾爲題詩二首，久失其稿，頃檢殘畫，偶得此幀，因錄存之〉七律二首	《頤道堂戒後詩存》卷十，頁三十九	2	
		〈題河東君《月隄煙柳》畫卷〉七律六首	《頤道堂詩外集》卷十，頁二十七	6	
		〈汪子惠以黃皆令《山水畫扇》乞題，上有柳如是題句〉七律二首	《頤道堂戒後詩存》卷四，頁二十七	2	
		〈琴河署齋七月八日夜，漏下三刻，追暑中庭，隱几假寐，彷彿見有垂髫女子貽碧玉箋，上書七律一首，醒後僅憶「入夢」二語，余時修河東君墓適成，味詩意其即靡蕪之靈耶？用足成之，並以記異〉七律一首	《頤道堂詩補遺》卷六，頁十一	1	
		〈鹿苑道中遇錢秀才廷梅，知爲牧齋尚書族裔，云尚書遺墓已於河東君墓之右訪得之，乞余樹碣。歸棹往訪，記事一首〉七律一首		1	
		〈秦淮雜詠，題余曼翁《板橋雜記》後其十〉七絕一首	《頤道堂詩外集》卷九，頁十	1	
		〈拂水巖訪拂水山莊遺阯〉五律二首	《頤道堂詩選》卷九，頁十一	2	

		〈絳雲樓・余寓蔣氏園，即半野堂。前詩作成，適子灊見訪，言絳雲樓舊在半野堂，余寓即絳雲樓舊阯。作絳雲樓詩。〉七律四首	《頤道堂詩選》卷九，頁十二	4	
		〈紅豆山莊紅豆樹歌〉七古一首	《頤道堂詩集》，卷十，頁八至九	1	
044	舒位	〈蘼蕪香影圖〉七律四首	《缾水齋詩集》卷十四，頁十五至十六	4	294
		〈河東妝鏡曲〉七古一首	袁瑛《我聞室賸稿》、《缾水齋詩集》卷二，頁十四至十五	1	
		〈拂水山莊作〉五律三首	《缾水齋詩集》卷五，頁二	3	
045	汪端	〈題蘼蕪香影圖後〉七律四首	《自然好學齋詩鈔》卷二，頁十五至十六	4	305
		〈題河東君小像〉七律一首	《自然好學齋詩鈔》卷七頁十二	1	
		〈前詩意有未盡更題三絕〉七絕三首	《自然好學齋詩鈔》卷七，頁十三	3	
		〈題又村姪所藏河東君粧鏡〉五律一首	《自然好學齋詩鈔》卷九，頁九	1	
		〈題河東君月堤煙柳畫卷〉七律二首	《自然好學齋詩鈔》卷九，頁十六	2	
046	天彭山人	〈重刊《柳如是事輯》題辭〉七絕一首		1	306
047	查慎行	〈金陵雜詠〉二十首其八七絕一首〈詠鏡〉〈題黃安節畫河東君小影〉		3	312
		〈拂水山莊三首〉七律三首		3	
048	徐士俊	〈菩薩蠻・三日與柳姬閑話〉詞二闋	《雁樓集》卷十三	2	314
049	查揆	〈原作〉七律一首		1	317
		〈柳如是墓在虞山拂水巖下陳雲伯大令立石表之〉七律二首	《篔谷詩鈔》卷十二，頁十七	2	

050	葉名澧	〈柳如是畫像李小涵刑部景曾所藏〉七律一首	《敦夙好齋詩續編》卷六，頁二十六	1	318
051	汪芑	〈題柳如是尺牘〉七絕三首	《茶磨山人詩鈔》卷五	3	322
		〈舊院雜詠柳如是〉之十五七絕一首	《茶磨山人詩鈔》卷六	1	
052	曹斯棟	〈柳如是小像〉七古一首	《飯顆山人詩》卷五	1	323
053	翁同龢	〈客以河東君畫見示僞跡也題尤不倫戲臨四葉漫題〉五絕一首	《瓶廬詩稿》卷七	1	324
054	朱文治	〈題柳如是小像〉七絕三首	《繞竹山房詩稿》卷九	3	327
055	張原湘	〈錢牧齋故宅弔柳夫人〉七律四首	《天眞閣集》卷十九，頁六	4	335
		〈雲伯行館多名石古樹，相傳爲牧翁絳雲樓故址。今垣以外猶名「半野堂」，可指爲證。雲伯紀之以詩，余亦次韻〉七律一首	《天眞閣集》卷十九，頁七	1	
		〈長亭怨慢〉詞一闋		1	
		〈紅豆莊玉杯歌〉詞一闋		1	
		〈垂楊・河東君墓〉詞一闋		1	
056	馬錦	〈題柳如是小影〉七律一首	《碧蘿吟館詩集》卷一	1	336
057	林雲鳳	〈汪然明以柳如是《湖上草》并 《尺牘》見貽，口占二絕〉七絕二首	浙江圖書館藏《湖上草》，作者墨筆題識	2	338
058	王國維	七絕三首	浙江圖書館藏《湖上草》，作者墨筆題識	3	341
059	高仁偶	七絕二首	浙江圖書館藏《湖上草》，作者墨筆題識	2	343
060	錢陸燦	〈題黃安節畫河東君小影三首〉七絕三首	袁瑛《我聞室賸稿》	3	346
061	董含	〈拂水山莊弔河東君二首〉七絕二首	袁瑛《我聞室賸稿》	2	348
062	潘奕雋	〈題河東君像〉七絕四首	袁瑛《我聞室賸稿》	4	352
063	秦瀛	〈題河東君像〉七律一首	袁瑛《我聞室賸稿》	1	353
064	蔣于蒲	〈河東君像〉七絕一首	袁瑛《我聞室賸稿》	1	354

065	顧震	〈題河東君像〉七絕一首	袁瑛《我聞室賸稿》	1	356
		〈一剪梅〉詞一闋	袁瑛《我聞室賸稿》	1	
066	趙光照	〈題河東君像〉七絕四首	袁瑛《我聞室賸稿》	4	360
067	楊熙之	〈題河東君像〉七絕二首	袁瑛《我聞室賸稿》	2	362
068	顧承	〈題河東君像〉七絕一首	袁瑛《我聞室賸稿》	1	343
069	程庭鷺	〈題河東君像〉七律二首	袁瑛《我聞室賸稿》	2	367
		〈金縷曲・河東君小像〉詞一闋	《緌秋詞》，聽邠館重刊《滄江樂府》本，頁十八	1	
		〈題河東君妝鏡〉七古一首		1	
070	徐懋	〈題河東君像三首〉五律一首、七絕二首	袁瑛《我聞室賸稿》	3	371
		〈西湖月・題河東妝鏡拓本〉詞一闋	袁瑛《我聞室賸稿》	1	
071	蔡兆奎	〈題河東君像〉七絕一首	袁瑛《我聞室賸稿》	1	372
072	郭頻伽	〈柳梢青・河東君小像〉詞一闋	袁瑛《我聞室賸稿》	1	379
		〈河東君鏡拓本〉詞一闋	《靈芬館詩續集》卷八頁六	1	
		〈蒙叟書所作贈序，合裝一卷，古雲出似屬題，即用蒙叟韻二首〉七律二首	《靈芬館詩四集》卷二頁九	2	
		〈雲伯訪得河東君墓，脩葺立石焉。作圖以紀，爲題三絕句〉七絕三首	《靈芬館詩四集》卷二頁十	3	
073	屈秉筠	〈雲伯訪得河東君墓，修葺立石焉。和韻〉七律四首	袁瑛《我聞室賸稿》	4	384
		〈柳如是小鏡〉五絕一首	《韞玉樓詩》卷四，頁十七	1	
074	張問陶	〈題河東君像〉七絕一首	袁瑛《我聞室賸稿》	1	385
075	彭邦疇	〈題河東君像並妝鏡拓本冊〉七律一首、七古一首	袁瑛《我聞室賸稿》	2	387
076	周世錦	〈題河東君像并妝鏡拓本冊〉七絕三首	袁瑛《我聞室賸稿》	3	390
077	吳錫麒	〈如此江山・題河東君小像〉詞一闋	袁瑛《我聞室賸稿》	1	391

078	李堂	〈霓裳中序第一〉詞一闋	袁瑛《我聞室賸稿》	1	392
079	管庭芬	〈題河東君像〉七律一首	袁瑛《我聞室賸稿》	1	393
080	李因	〈贈柳如是二首〉七絕二首	葛昌楣《蘼蕪紀聞》	2	395
081	沈德潛	〈題河東君傳〉七絕二首	葛昌楣《蘼蕪紀聞》	2	398
		〈秦淮雜・其六〉七絕一首		1	
082	阮學濬	〈題河東君傳〉七絕二首	葛昌楣《蘼蕪紀聞》	2	400
083	辛瑟嬋	〈半野堂懷古〉七律一首	葛昌楣《蘼蕪紀聞》	1	401
084	王斯年	〈柳如是筆筒歌〉七古一首	葛昌楣《蘼蕪紀聞》	1	402
085	陳大謨	〈題柳如是小照〉七古一首	葛昌楣《蘼蕪紀聞》	1	403
086	譚瑩	〈題柳蘼蕪巾帽鏡拓本〉七絕三首	葛昌楣《蘼蕪紀聞》	3	406
087	張鑒	〈柳蘼蕪書鎭〉七絕二首	葛昌楣《蘼蕪紀聞》	2	408
088	于源	〈柳如是書鎭〉七絕二首	葛昌楣《蘼蕪紀聞》	2	410
089	湯三俊	七絕一首	仲廷機《盛湖志》卷五	1	411
090	錢雲	七絕一首	仲廷機《盛湖志》卷五	1	412
091	宋景和	七絕一首	仲廷機《盛湖志》卷五	1	413
092	王崐	七絕一首	仲廷機《盛湖志》卷五	1	414
093	陳希恕	七古一首	仲廷機《盛湖志》卷五	1	415
094	袁思永	古七一首鈔本	張宗祥鐵如意館鈔本	1	416
095	梁鴻志	七絕六首	張宗祥鐵如意館鈔本	6	422
096	梁思亮	〈念奴嬌〉詞一闋	張宗祥鐵如意館鈔本	1	423
097	沈衛	七絕四首	張宗祥鐵如意館鈔本	4	427
098	陳乃乾	〈高陽臺〉詞一闋	張宗祥鐵如意館鈔本	1	428
099	夏承燾	〈清平樂〉詞一闋	張宗祥鐵如意館鈔本	1	429
100	徐震堮	七絕二首	張宗祥鐵如意館鈔本	2	431
101	張惠衣	〈清平樂〉詞一闋	張宗祥鐵如意館鈔本	1	432
102	程學鑾	〈綺羅香〉詞一闋	張宗祥鐵如意館鈔本	1	433
103	江家瑂	七絕三首	張宗祥鐵如意館鈔本	3	436
104	無名氏	〈柳梢青〉詞一闋	張宗祥鐵如意館鈔本	1	437
105	薛元燕	七絕一首	張宗祥鐵如意館鈔本	1	438
106	張宗祥	七絕二首、跋一則	張宗祥鐵如意館鈔本	2	440
107	俞陛雲	七絕一首	《清代閨秀詩話》	1	441

108	潘景鄭	〈讀河東君詩偶作，依集中西泠韻〉七絕二首		2	444
		〈調寄浪淘沙令，即依樂章集韻，戊寅長夏揮汗漫題〉詞一闋		1	
109	沈纕	〈題柳蘼蕪小影〉七絕二首并序		2	446
110	翁方綱	〈柳是像四首顧云美畫，并隸書傳〉七絕四首	《復初齋詩集》，道光乙巳葉志詵重刊本，卷四十五，頁十五	4	450
111	朱厚章	〈觀柳河東初訪半野堂小像〉七絕一首	《國朝詩別裁》，乾隆刊本，卷二十八，頁二十七	1	451
112	趙懷玉	〈剔銀燈·河東君初訪半野堂小影〉詞一闋	《亦有生齋集》，道光刊本，「詞」部，卷一，頁三	1	452
113	李黼平	〈河東君初謁半野堂小影四首〉七絕四首	《著光庵集》，道光七年著花庵刊《繡子全書》本，卷八，頁十二	4	457
		〈河東君小像〉詞一闋	《著光庵集》，道光七年著花庵刊《繡子全書》本，卷六，頁十	1	
114	印康祚	〈序伯索題河東君初訪半野堂像〉七絕一首	《鷗天閣遺箸》，道光刊本，卷上，頁二十	1	458
115	孫雄	〈題河東君初訪半野堂小景，以「堂」字爲韻，七絕五首，余秋室畫，莊思緘屬題〉七絕五首	《詩史閣壬癸詩存》，民國十三年排印本，補遺，頁五	5	463
116	黃宗起	〈題河東君初訪半野堂小像〉七絕二首	《知止盦詩錄》，宣統庚戌試金石室刊本，卷五，頁二至三	2	465
117	汪承慶	〈題河東君初謁拂水山莊男裝小像〉七絕二首	《墨壽閣詩集》，光緒辛丑刊本，卷四，頁七	2	468
		〈長亭怨慢·題河東君小像〉詞一闋	《蘭笑詞》，聽邠館重刊《滄江樂府》本，頁七	1	
118	瞿頡	〈題河東夫人小像，作儒生冠服〉七絕一首	《宣南坊草》，清刊本，頁十五	1	469

119	王炘	〈題河東君小影〉七律一首	《吳淞草堂詩選》，石嘉吉編《同音集》叢書本，乾隆六十年清素堂刊，頁二	1	470
120	張雲驤	〈清平樂‧張船山先生摹河東君小像，爲伯希供奉題〉詞一闋	《冰壺詞》，光緒十二年刊本，卷二，頁九	1	471
121	吳騫	〈賀新郎‧梅史以河東君小像見遺，奉酬一闋。像爲虞山畢琛臨〉詞一闋	《萬花漁唱》，嘉慶十七年刊《愚谷叢書》本，頁九至十	1	472
122	吳翊鳳	〈鳳凰臺上憶吹簫‧題柳蘼蕪小像〉詞一闋	《國朝詞綜》，嘉慶三泖漁莊藏板，二集卷四，頁六	1	473
123	朱翩翔	〈鳳凰臺上憶吹簫‧河東君遺像〉詞一闋	《國朝詞綜》，嘉慶三泖漁莊藏板，卷三十三，頁八	1	474
124	歸懋儀	〈題梵福樓所藏柳如是畫像〉七絕四首	《繡餘續草》，道光刊本，卷三，頁十四至十五	4	478
125	季蘭韻	〈題河東君小像〉七律二首	《楚畹閣集》，道光丁未刊本，卷十一，頁二十四	2	481
		〈河東君墓〉七律一首	《楚畹閣集》，道光丁未刊本，卷十一，頁十六	1	
126	應時良	〈題柳如是畫像同木某坪作〉七古一首	《百一山房集》，光緒壬辰季夏海寧鍾氏校刊本，卷二，頁二十一	1	482
127	周思兼	〈題柳蘼蕪小像〉七古一首	《媒坪詩鈔》，道光乙酉我娛齋刊本，卷五，頁四至五	1	483
128	錢瑤鶴	〈題河東像〉七律一首	《焦尾編》，蔣棨涓輯《苕岑集初刊》，道光庚戌蔣氏味清堂刊本，卷上，頁十三至十四	1	485
		〈柳夫人墓〉七律一首	《焦尾編》，蔣棨涓輯《苕岑集初刊》，道光庚戌蔣氏味清堂刊本，卷上，頁二十一	1	
129	蔣于蒲	〈題河東君像〉詞一闋	袁瑛《我聞室賸稿》	1	486

130	沈穆孫	〈金縷曲・河東君小像〉詞一闋	《苕翠詞》，聽邠館重刊《滄江樂府》本，頁十九	1	487
131	陳升	〈金縷曲・河東君小像〉詞一闋	《搴紅詞》，聽邠館重刊《滄江樂府》本，頁十一至十二	1	488
132	何兆瀛	〈高陽臺・柳如是小影〉詞一闋	《國朝金陵詞鈔》，何兆瀛詞，光緒二十八年刊本，卷五，頁十六至十七	1	489
133	張京度	〈題河東君道裝像〉七絕四首	《通隱堂詩存》，咸豐八年木活字本，卷一，頁九	4	493
134	潘遵祁	〈柳如是像〉七絕二首	《西圃集》，光緒刊本，卷四，頁七	2	495
135	陶安生	〈題河東君小像〉七絕一首	《清綺軒詩剩》，同治刊本，頁二至三	1	496
136	沈景修	〈題河東君小像〉五律一首	《蒙廬詩存》，光緒乙未刊本，卷一，頁七	1	497
137	俞鐘詒	〈柳河東小像〉七絕四首	《琳琅新館詩》，宣統庚戌刊本，卷一，頁二十九	4	501
138	王貞儀	〈沁園春・題柳如是像〉詞一闋	《德風亭初集》，民國三年至五年上元蔣氏慎修書屋排印《金陵叢書》本，丁集，卷十三，頁	1	502
139	劉履芬	〈眉嫵・柳如是小像〉詞一闋	《鷗夢詞》，《晨風閣叢書甲集》，光緒三十四年至宣統三年國學萃編社排印本，頁九至十	1	503
140	李怡德	〈題柳河東小影後〉七古一首	《攬青閣詩鈔》，同治五年刊本，卷下，頁三十一至三十二	1	504
141	曹壽銘	〈題河東君小像〉七絕二首	《曼志堂遺稿》，同治九年甬上鐵耕齋刊本，卷下，頁十二	2	506
142	宋志沂	〈西子妝・題柳河東小像，銷夏第一課〉詞一闋	《梅笛菴詞賸稿》，同治刊本，頁九	1	507

143	陳漢廣	〈題柳如是小照〉七古一首	《靡蕪記聞》，民國三十年江蘇省立蘇州圖書館排印本，卷下，頁二十八至二十九	1	508
144	趙允懷	〈河東君小像〉七絕二首	《小松石齋詩集》，光緒十五年重刊本，卷五，頁十八	2	512
		〈西郊〉（錄第二、第三首）七絕二首		2	
145	沈起鳳	〈題河東君像後〉詞一闋	錄自蟫隱廬傳鈔本，散葉，無書名頁次	1	513
146	佚名	〈題河東君小影〉七絕二首	轉引自謝國楨〈斷簡殘篇話宮廷〉，見《故宮博物院院刊》，一九八二年第二期，頁一九一	2	515
147	葉衍蘭	〈疏影・柳如是〉詞一闋	《秦淮八艷圖詠》，光緒十八年羊城越華講院刊本，無頁次；葉氏詞又見《秋夢盦詞鈔》，光緒十六年刊本，詞續，頁十四	1	516
148	張景祁	〈疏影・柳如是〉詞一闋	《秦淮八艷圖詠》，光緒十八年羊城越華講院刊本，無頁次；葉氏詞又見《秋夢盦詞鈔》，光緒十六年刊本，詞續，頁十四	1	517
149	張僖	〈疏影・柳如是〉詞一闋	《秦淮八艷圖詠》，光緒十八年羊城越華講院刊本，無頁次；葉氏詞又見《秋夢盦詞鈔》，光緒十六年刊本，詞續，頁十四	1	518
150	李綺青	〈疏影・柳如是〉詞一闋	《秦淮八艷圖詠》，光緒十八年羊城越華講院刊本，無頁次；葉氏詞又見《秋夢盦詞鈔》，光緒十六年刊本，詞續，頁十四	1	519

151	許瑤光	〈李小涵太守屬題柳如是影〉七絕四首	《雪門詩草》，同治十三年刊本，卷十三，頁二十五至二十六	4	523
152	宗源瀚	〈爲李小涵題河東君小影〉七絕二首	《頤情館詩鈔》，《咫園叢書》本，卷二，頁十八至十九	2	525
153	吳昌綬	〈題無礙居所收柳夫人象，是傳摹余秋室本，以絳樓印拓同裝〉七絕二首	《松鄰遺集》，民國己巳刊本，卷八，頁七	2	528
		〈易安居士以寶晉遺蹟乞題於米敷文，趙昭以《樂府新聲陽春白雪》求售於錢虞山，合詠其事〉七律一首	《松鄰遺集》，民國己巳刊本，卷八，頁十二	1	
154	丁傳靖	〈題柳如是小像〉七絕二首	《闇公詩存》，民國乙亥白雪庵刊本，卷三，頁十二	2	539
		〈柳如是妝鏡爲曹君直題〉七古一首	《闇公詩存》，民國乙亥白雪庵刊本，卷二，頁十一	1	
		〈柳如是妝鏡，分韻得「將」字〉七律一首	《闇公詩存》，民國乙亥白雪庵刊本，卷二，頁二十三至二十四	1	
		〈柳如是寫經硯〉七絕四首	《闇公詩存》，民國乙亥白雪庵刊本，卷四，頁五至六	4	
		〈明事雜詠錄二首〉七絕二首	《闇公詩存》，民國乙亥白雪庵刊本，卷六，頁六至七	2	
		〈我聞室〉七絕一首	《闇公詩存》，民國乙亥白雪庵刊本，卷四，頁二十四	1	
155	康芸海	〈河東君小像〉七古一首	《虞淵集》，稿本，有「勵堂寓目」白文印，無眷數頁次	1	540
156	蔣敦復	〈題河東君小影石刻〉七絕二首	《嘯古堂詩集》，光緒十一年刊本，卷六，頁十四至十五	2	544
		〈拂水山莊〉七律一首	《嘯古堂詩集》，光緒十一年刊本，卷二，頁三	1	

		〈訪山莊之明日，攜香楮酒果，奠河東君墓下〉七律一首	《嘯古堂詩集》，光緒十一年刊本，卷二，頁三	1	
157	秦更年	〈沁園春・題柳如是儒服小影〉詞一闋	《嬰闇詩餘》，一九六〇年油印本，頁一	1	545
158	金和	〈題河東君小像〉七古一自	《秋蟪吟館詩鈔》，民國丙辰鈔本，卷七，頁十一至十二	1	546
159	周慶雲	〈鷓鴣天・題河東君小影和白石韻〉詞一闋	《夢坡詞存》，民國癸酉刊本，卷一，頁八	1	548
		〈眉嫵・詠河東君妝鏡拓本・春音社集〉詞一闋	《夢坡詞存》，民國癸酉刊本，卷一，頁一	1	
160	文靜玉	〈蘼蕪香影曲〉七古一首	《小停雲館詩鈔》，道光刊本，頁五	1	551
		〈題河東君《月隄煙柳卷》畫卷〉七絕二首	《小停雲館詩鈔》，道光刊本，頁十八至十九	2	
161	吳清學	〈昭文署樓懸有柳如是夫人像，人不敢啓・賦此以誌欽仰〉五律一首	《小西山房遺詩》，吳清鵬輯《吳氏一家稿》叢書，咸豐五年錢塘吳氏刊本，頁二	1	552
162	楊淮	〈河東君〉詞一闋	《古艷樂府》，舊鈔本，無頁次	1	553
163	劉蔭	〈柳如是〉七絕一首	繆荃孫編《舊德集》，光緒丙申刊本，卷十一，頁十二	1	554
164	蔡寶善	〈疏影・柳如是〉詞一闋	《一粟盦詞集》，宣統元年西安圖書館排印本，「簫心劍氣詞」卷五，頁五；另見《聽潮音館詞集》，民國庚午排印本，頁十三	1	556
		〈河南好・偕蓮士游拙政園，次韻奉和〉詞一闋	《聽潮音館詞集》，民國庚午排印本，「瓶笙花影詞」卷，頁十三	1	
165	沈雲	〈詠河東君〉七絕一首	《盛湖竹枝詞》，民國六年排印本，頁七	1	557
166	錢文選	〈詠河東君〉七律一首	《誦芬堂文稿》，民國三十二年排印本，六編，頁五十一	1	558

167	張亞屛	〈詠河東君〉七律一首	《誦芬堂文稿》，民國三十二年排印本，六編，頁五十一	1	559
168	張卓人	〈詠河東君〉七律一首	《誦芬堂文稿》，民國三十二年排印本，六編，頁五十一	1	560
169	秦雲	〈柳如是·題南部煙花畫冊之三〉七絕二首	《伏鸞堂詩賸》，光緒四年刊本，卷三，頁七至八	2	562
170	胡應庚	〈雜詠明季女子三首，其二〉七絕一首	《寓穗集》，民國壬戌排印本，頁十六	1	563
171	傅宛	〈偶閱河東君小說〉七絕一首	《山青雲白軒詩草》，民國壬戌排印本，卷下，頁二十四	1	564
172	張雲璈	七絕四首	《知還草》，嘉慶刊本，卷五，頁二十二	4	568
173	吳鈞	〈臺城路·河東君古鏡，爲郡倅鄭公作〉詞一闋	《鼠樸詞》，清刻本，頁二十一	1	569
174	姚燮	〈眉嫵〉詞一闋	《疏影樓詞》，道光十三年刊本，「翦鐙夜語」卷，頁十八	1	570
175	胡敬	〈河東君妝鏡賦，爲又村作〉詞一闋	《崇雅堂駢體文鈔》校改，見道光三十六年刊本，卷一，頁十一至十二	1	571
176	奚疑	〈題河東君妝鏡〉七絕二首	汪遠孫輯《清尊集》，道光十九年振綺堂刊本，卷十五，頁四至八	2	573
177	黃士珣	七古一首	汪遠孫輯《清尊集》，道光十九年振綺堂刊本，卷十五，頁四至八	1	574
178	張珍臬	七古一首	汪遠孫輯《清尊集》，道光十九年振綺堂刊本，卷十五，頁四至八	1	575
179	查人渼	七古一首	汪遠孫輯《清尊集》，道光十九年振綺堂刊本，卷十五，頁四至八	1	576
180	戴熙	〈柳蘼蕪妝鏡，前在周南卿家，酒後出示，欲題未果。今歸汪君又村，索題，漫書六絕句〉七絕六首	汪遠孫輯《清尊集》，道光十九年振綺堂刊本，卷十五，頁四至八	6	582

181	范玉琨	〈沁園春〉詞一闋	汪遠孫輯《清尊集》，道光十九年振綺堂刊本，卷十五，頁四至八	1	583
182	朱紫貴	〈高陽臺〉詞一闋	汪遠孫輯《清尊集》，道光十九年振綺堂刊本，卷十五，頁四至八	1	584
183	仲湘	〈點絳脣〉詞一闋	汪遠孫輯《清尊集》，道光十九年振綺堂刊本，卷十五，頁四至八	1	585
184	戴芬	〈柳如是妝鏡爲汪又村，適孫賦〉七絕二首	《重蔭樓詩集》，光緒戊寅汪氏刊《荔墻叢刻》本，卷下，頁三十七	2	587
185	夏之盛	〈柳如是鏡有序〉七古一首	《留餘堂詩鈔》，道光丁未錢塘夏氏刊本，卷五，頁十三至十四	1	588
186	楊素書	〈柳如是鏡同作〉七古一首		1	589
187	宗稷辰	〈余似梅出所藏柳如是巾帽鏡索題，爲賦長歌〉七古一首	《躬恥齋詩鈔》，咸豐年間杕杜軒刊本，卷六下，頁八	1	593
		〈題絳雲樓印圖冊爲沈匏廬濤，有鮑淥飲銘，後乃歸沈〉五律三首		3	
188	沈修	〈河東君妝鏡歌〉七古一首	《未園集略》，蘇州臨頓路上藝齋據寫樣影印本，卷三，頁八至九	1	594
189	張鳴珂	〈唐菱花鏡，河東君口中物也。爲蜀青賦〉七絕四首	《寒松閣詩》，光緒刊本，卷五，頁十八	4	598
190	龐樹柏	〈眉嫵〉詞一闋		1	599
191	孫景賢	〈河東君藏唐鏡背銘，曹云甌丈拓〉七古一首		1	600 602
		〈偕病鶴酉叔二先生訪絳雲遺址〉七律二首		2	
192	蔣元龍	〈論印絕句，錄十二之一〉七絕一首		1	603
193	劉嗣綰	〈柳如是小印歌〉七古一首		1	604
194	周僖	〈長亭怨慢〉詞一闋		1	605
195	孫文杓	〈長亭怨慢〉詞一闋		1	607
		〈解語花〉詞一闋		1	

196	吳震	〈長亭怨慢〉詞一闋		1	608
197	金泰	〈綺羅香・絳雲樓印〉詞一闋		1	609
198	顧文彬	〈翠樓吟・絳雲樓印拓本〉詞一闋		1	610
199	張鑑	〈柳如是・青田石書鎮〉七絕二首		2	612
200	趙棻	〈金明池〉詞一闋		1	613
201	翁雒	〈柳如是手鐫石印，爲王硯農之佐年丈賦〉七絕三首		3	620
		〈題河東君手繪撲蝶士女圖爲常熟錢似山作〉七絕三首		3	
		〈河東君墓〉七律一首		1	
202	潘介繁	〈翠樓吟・柳如是小印〉詞一闋		1	621
203	殷秉璣	〈長亭怨慢・柳如是小印〉詞一闋		1	622
204	戴延介	〈眉嫵・柳如是硯，爲吳竹橋儀部賦〉詞一闋		1	624
		〈高陽臺・撫水山莊，遺址無存，余以秋日經行其際，但見一片寒煙蔓草而已〉詞一闋		1	
205	盛大士	〈玉環曲〉七古一首		1	625
206	朱泰脩	〈柳如是黃皆令畫卷合冊題詞〉詞一闋		1	626
207	趙同鈺	〈河東君《柳隄煙月卷》向爲余婦宛仙所藏，迄今二十餘年，人亡物在，對之淒然。錢塘陳君雲伯與余有雁序之盟，今秋來宰吾邑，遂以是卷歸之。翰墨因緣，鴻泥蹤跡，庶幾得所寄云〉七絕六首		6	634
		〈錢東澗遺宅弔柳如是〉七律二首		2	
208	張鴻基	〈題《月隄煙柳圖》弔河東君〉七古一首		1	635

209	陳元鼎	〈百宜嬌・如是折枝花畫卷〉詞一闋		1	636
210	吳瓊仙	〈家藏顧橫波夫人墨蘭畫冊，柳䕷蕪題絕句十首。近沈孟嫺女士題其籤曰:「美人香草。」因次䕷蕪原韻〉七絕十首		10	646
211	范玉	〈附和詩〉七絕二首		2	648
212	陸費瑔	〈《顧眉生畫蘭冊》,河東君題絕句十首,萬巽齋壽昌屬題〉七絕二首		2	650
213	汪曰楨	〈國香慢顧橫波畫墨蘭冊有柳如是題詩十首，陳嗜梅綱所藏〉詞一闋		1	651
214	潘志萬	〈高陽臺・柳如是墨描大士像〉詞一闋		1	652
215	范鐘	〈實甫得馬湘蘭畫蘭、柳如是畫柳合璧扇面,屬題四絕句〉七絕四首		4	656
216	馮登府	〈洞仙歌題柳如是書王建官詞〉詞一闋		1	657
217	王鉅	〈江靜蘿五世祖湛源公工醫，嘗爲河東君療疾，尙書以玉杯爲贈，後爲他姓所得，靜蘿重價購求，杯還索詩〉七絕四首		4	661
218	楊恩壽	〈銷寒第二集，詠錢虞山玉杯，以「晚來天欲雪，能飲一杯無」爲韻，得「能」字，杯作新月式，一面刻梅花，一面刻「甲申孟冬拂水山莊製」九字〉五律一首		1	662
219	翁心存	〈紅豆山莊玉盃歌，爲江靜蘿丈曾祁作〉七古一首		1	663
220	陸繼輅	〈紅豆山莊玉盃歌，并序〉七古一首		1	664
221	席佩蘭	〈春盡日泊舟錢園，弔耦耕堂故址，兼訪河東君墓不得〉七律一首		1	672

		〈陳雲伯大令重修河東君墓紀事〉七律四首		4	
		〈重過錢園弔河東君〉七律一首		1	
		〈錢尚書故宅弔柳夫人〉七律二首		2	
222	謝翠霞	〈陳雲伯大令重修河東君墓紀事和韻〉七律四首		4	676
223	管筠	〈碧城主人攝篆琴河，訪河東君遺墓於尚湖之濱。既修復之，立碑石焉。諸女士賦詩紀事，奉和四首〉七律四首		4	680
224	鮑印	〈錢塘陳雲伯使君重修河東君墓紀事〉七律四首		4	684
225	屈頌滿	〈陳雲伯大令文述修河東君墓於西山麓，既竣徵詩〉七律二首		2	686
226	洪樸	〈拂水巖弔河東君墓〉七絕四首		4	690
227	韋光黼	〈河東君墓下〉七律一首		1	691
228	丁立誠	〈同人泛舟西湖，飲罷直劍門至拂水巖，小憩嚴氏淨室，尋河東君墓，得詩四首〉五古四首		4	695
229	沈汝瑾	〈河東君墓〉七古一首		1	696
230	許元愷	〈秋日同人信步三橋尋耦耕堂故址，弔河東君墓〉七律一首		1	697
231	金兆蕃	〈洞仙歌〉詞一闋		1	698
232	饒宗頤	〈常熟弔柳蘼蕪〉詞一闋		1	699
233	惲毓齡	〈雜詠弘光朝野事，錄第三十一首〉七絕一首		1	700
234	龔士薦	〈丁丑暮春，同徐子坤載，放舟虞山，即事口號。錄七之三〉七絕三首		3	703
235	袁翼	〈虞山雜感〉錄四之三七律三首		3	706

236	郡堂	〈虞山〉七律一首		1	707
237	蔡瑩	〈虞山雜詩〉其一七絕一首		1	708
238	柯煜	〈拂水山莊感事〉七律一首		1	709
239	張元吉	〈經拂水山莊〉七律一首		1	710
240	潘飛聲	〈拂水山莊〉七律一首		1	711
241	蔣萬里	〈虞山過拂水岩感東澗老人遺事〉七律一首		1	712
242	沈福堃	〈絳雲樓歌〉七古一首		1	713
243	孫麟趾	〈洞仙歌‧昭文縣署是錢牧齋尚書故宅〉詞一闋	《琴川詞》，舊鈔本，無頁次	1	714
244	辛絲	〈半野堂懷古〉七律一首	《國朝閨秀正始續集》，道光丙申紅香館刊本，卷八，頁十一	1	715
245	陳壽熊	〈垂楊‧河東君故居〉詞一闋	《笠澤詞徵》，民國十年排印《百尺樓叢書》本，卷十八，頁三	1	716
246	王衍梅	〈玩紅豆感河東故事〉七律四首	《綠雪堂遺集》，道光刊本，卷五，頁二十五	4	720
247	邢春華			1	721
248	方熊	〈紅豆山莊圖〉七律二首	《繡屏風館詩集》，道光十六年刊本，卷五，頁二十三	2	723
249	王苹	〈養疾僧廬遣懷十首其七〉七律一首	《二十四泉草堂集》，康熙刊本，卷二，頁十	1	724
250	陳寅恪	〈詠紅豆〉七律一首	《柳如是別傳》，頁 1	1	749
		〈題牧齋初學集並序〉七律一首	《柳如是別傳》，頁 1	1	
		〈乙未陽曆元旦作〉七律二首	《柳如是別傳》，頁 1	2	
		〈乙未舊曆元旦讀初學集〉「（崇禎）甲申元日」詩有：「衰殘敢負蒼生望，重理東山舊管絃。」之句，戲成一律〉七律一首	《柳如是別傳》，頁 4	1	
		〈箋釋錢柳因緣詩，完稿無期，黃毓祺案復有疑滯，感賦一詩〉七律一首	《柳如是別傳》，頁 5	1	

		〈丙申五月六十七歲生日，曉瑩於市樓置酒，賦此奉謝〉七律一首	《柳如是別傳》，頁 6	1	
		〈丁酉陽曆七月三日六十八初度，適在病中，時撰錢柳因緣詩釋證尚未成書，更不知何日可以刊布也，感賦一律〉七律一首	《柳如是別傳》，頁 6	1	
		〈用前題意再賦一首。年來除從事著述外，稍以小說詞曲遣日，故詩語及之。〉七律一首	《柳如是別傳》，頁 6	1	
		〈十年以來繼續草錢柳因緣詩釋證，至癸卯冬，粗告完畢。偶憶項蓮生〔鴻祚〕云：「不爲無益之事，何以遣有涯之生。」	《柳如是別傳》，頁 6	2	
		〈論朝雲詩〉七絕一首		1	
		七絕三首		3	
		〈戲題余秋室繪河東君初訪半野堂小影〉七律三首	《柳如是別傳》，頁 455～456	3	
		七律一首		1	
		七絕五首		5	
		七律一首		1	
251	繆鉞	〈再讀《柳如是別傳》〉七律一首	《文獻》1989 年第 4 期，頁 143	1	750
252	黃朝儀	七絕一首	《芝蘭芳草》，頁 474	1	751
253	張英玉	〈柳如是〉七絕一首	《歷代名媛百詠》，頁 126	1	752
254	少僊子	七絕三首	曹大鐵摹畢琛畫〈河東君初訪半野堂〉本書圖片頁 13，〈附錄二・張壽平（縵盦）教授來函補證三則〉	3	755
255	生○○	〈集牧翁句〉七絕四首		4	759
256	藝風	七絕二首		2	761
257	半峰沈均	七絕四首		4	765
258	王文治	〈題虞山宗伯柳姬小照并傳〉七律一首	《後村詩集》卷四	1	771
		〈題河東君像二首〉七律四首	袁瑛《我聞室賸稿》	4	
		〈常熟顧氏芙蓉莊紅豆樹歌〉七古一首		1	

附錄六、柳如是相關筆記目次（計 143 人 212 首）

序號	作者	題目	出處、數	小計	累計
001	顧苓	〈河東君小傳〉	范鍇《華笑廎雜筆》，道光刊本，卷一，頁五至八／《柳如是事輯》，頁 5～7	1	1
002	沈糾	〈河東君傳〉	葛昌楣《蘼蕪紀聞》卷上	1	2
003	徐芳	〈柳夫人小傳〉	張潮《虞初新志》卷五	1	3
004	鈕琇	〈河東君〉	鈕琇《觚賸》，康熙壬午臨野堂刊本，卷三，頁三至八／《柳如是事輯》，頁 13～17	1	4
		〈題顧云美河東君傳後〉	鈕琇《臨野堂集》，康熙二十九年康午至癸酉刊本，卷八，頁六／《柳如是事輯》，頁 8～9	1	5
		〈陶庵剛正〉	《觚賸》卷一	1	6
005	佚名	〈絳雲樓俊遇〉	《香艷叢書》二集卷二	1	7
006	錢謙益	〈有學集・秋槐詩集・和東坡西臺詩韻六首序〉		1	8
		〈與王貽上〉		1	9
			《列朝詩集小傳・閏	1	10
007	葉紹袁		《啓禎記聞錄》附《芸窗雜錄・記順治四年丁亥事略》	1	11
008	鄒斯漪	〈柳如是詩小引〉		1	12

009	陳其年		《婦人集》	1	13
010	汪砢玉		《珊瑚網》	1	14
			《珊瑚網畫錄》	1	15
011	錢氏	〈孝女揭〉		1	16
012	趙管	〈公壻趙管揭〉		1	17
013	佚名		《牧齋遺事》二則	2	19
014	佚名		《神釋堂脞語》,轉引自胡文楷撰《歷代婦女著作考》增補本，上海古籍出版，一九八五年新一版，第四三〇至四三一頁／《柳如是事輯》頁35～36	1	20
015	南沙三		《明末紀事補遺》二則	2	22
016	王應奎		《柳南隨筆》四則	4	26
		〈服御類優〉	《柳南續筆》卷一，頁十八	1	27
017	袁枚		《隨園詩話》二則	2	29
			《新齊諧》	1	30
		〈柳如是爲厲〉	《子不語》卷十六	1	31
018	汪遠孫		《清尊集》	1	32
019	黃丕烈	〈樂府新編陽春白雪〉	《蕘圃藏書題識》	1	33
020	陳文述	〈重修河東君墓記〉	《頤道堂文鈔》	1	34
021	孫原湘	〈重修河東君墓記書後〉		1	35
022	查揆	〈河東君墓碣〉		1	36
023	郭頻伽		《樗園消夏錄》	1	37
024	陸以湉		《冷廬雜識》	1	38
025	林昌彝		《射鷹樓詩話》二則	2	40
026	錢肇鰲	〈柳如是軼事〉	錢肇鰲《質直談耳》／《柳如是事輯》，頁21～22	1	41
027	湯漱玉		《玉臺畫史》二則	2	43
			《玉臺畫史》,道光間汪氏振綺堂刊本，卷四，第五頁	1	44
028	蔡景眞		《笠夫雜錄》	1	45
029	鄒弢		《三借廬贅譚》	1	46
		〈黃陶庵〉	《三借廬筆談》卷十二	1	47

030	顧公燮		《消夏閑記》／《柳如是事輯》，頁 23～25	1	48
031	陳去病		《五石脂》二則	2	50
			《五石脂》《國粹學報》，第十五期，頁四	1	51
			《笠澤詞徵》，卷二十二，頁十六	1	52
			《五石脂》，江蘇古籍出版社，一九九九年據手稿排印本，第一版，頁三五九	1	53
032	徐世昌		《晚晴簃詩匯》	1	54
033	俞陛雲		《清代閨秀詩話》	1	55
034	仲虎騰		《盛湖志補》	1	56
035	丁祖蔭		《重修常昭合志・常熟藝文志》	1	57
036	雪苑懷	〈河東君事輯序〉		1	58
037	趙達道人葦江氏	〈題顧苓河東君小傳〉		1	59
038	白牛道者	〈題顧苓河東君小傳〉		1	60
039	錢泳		《履園叢話》	1	61
		〈東澗老人墓〉	《履園叢話》，道光刊本，卷二十四，頁六	1	62
040	勒榮藩		《吳詩集覽》	1	63
041	劉鑾		《五石瓠》	1	64
			《五石瓠》，民國二十九年排印《庚辰叢編》本，卷三，頁七	1	65
042	顧懷祖		《寓瞜雜詠詩註》	1	66
043	張廷玉		《資治通鑑綱目三編》	1	67
044	江熙		《掃軌閑談》二則	2	69
045	蕭士瑋		《春浮園集》	1	70
		《讀牧翁集七則》	《春浮園集》順治十四年刊本，卷下，第十七頁，及光緒十八年春月蕭氏閑餘軒重刊本，卷下第十二至十三頁。／《柳如是事輯》，頁 33	1	71

046	計六奇		《明季北略》	1	72
047	夏完淳		《續幸存錄》	1	73
048	練貞吉		《練貞吉日記》	1	74
049	尤侗		《宮閨小名錄》	1	75
050	錢孺飴		《錢氏家變錄》	1	76
051	歸莊		《與錢遵王曾書》	1	77
052	宋琬		《安雅堂集・嚴武伯詩序》	1	78
053	俞蛟	〈柳如是傳〉(〈齋東妄言〉)	《夢厂雜著》，深柳讀書堂刊巾箱本，卷九，卷下，頁十四至十六	1	79
054	徐釚		《本事詩註》二則	2	81
055	黃嵋	〈石刻河東君像傳跋〉		1	82
056	黃樹苓	〈石刻河東君像傳跋〉		1	83
057	黃樹椿	〈石刻河東君像傳跋〉		1	84
058	楊澥	〈題河東君像冊〉		1	85
059	吳偉業		《梅村詩話・梅村家藏稿》	1	86
060	郭漢儀	〈柳因〉	《詩觀二集・閨秀別卷》／《柳如是事輯》頁 38	1	87
061	林時對		《荷閘叢談》卷三，頁十九	1	88
062	查爲仁		《蓮坡詩話》	1	89
063	厲鶚	〈柳如是〉		1	90
064	許仲元	〈草衣道人〉	《三異筆談》卷三	1	91
065	惲珠		《國朝閨秀正始集》,附錄頁十五	1	92
066	葉廷琯	〈陳夫人年譜〉	《吹網錄》卷四	1	93
067	劉聲木		《萇楚齋隨筆》，卷四，頁三	1	94
068	董潮		《東皋雜鈔》卷三	1	95
069	李玉棻		《甌缽羅室書畫過目改》附卷〈名媛〉，頁一	1	96
070	郡松年		《澄蘭室古緣萃錄》，「宋金元明名人畫冊」條，上海鴻文書局石印本，卷一，頁二六	1	97
071	丁傳靖		《明事雜詠》，頁六	1	98
			《甲乙之際宮閨錄》,民國甲戌白雪庵刊本，卷四，頁三十二	1	99

			《江鄉漁話》,光緒至宣統間排印沈宗崎等輯《晨風閣叢書甲集》本,卷一,頁五	1	100
072	楊鍾羲		《雪橋詩畫續集》,卷一,頁五十六	1	101
073	龐樹柏		《龍禪室摭譚》《國粹學報》,第四十一期,第五至六頁/;《柳如是事輯》,頁 39～40	1	102
			《龍禪室摭譚》《國粹學報》,第四十六期	1	103
			《抱香簃隨筆》,轉引自徐兆瑋輯《河東君遺事》,稿本,無頁次	1	104
074	柴萼	〈柳如是二則〉	《梵天廬叢錄》,卷十六,頁十一	2	106
		〈楊絳子〉	《梵天廬叢錄》,卷十六,頁十二	1	107
		〈柳如是硯〉	《梵天廬叢錄》,卷三十五,頁十四	1	108
		〈柳如是沉香筆筒〉	《梵天廬叢錄》,民國五年中華書局石印本,卷三十五,頁十五	1	109
075	鄧成誠		《清詩紀事初編》,頁七〇〇	1	110
			《清詩紀事初編》,頁七一七	1	111
		〈柳如是硯〉	《骨董瑣記》,中國書店一九九一年版,卷七,頁二一八至二一九	1	112
		〈柳如是巾帽鏡〉	《骨董瑣記》,民國十五年排印本,卷七,頁十二	1	113
		〈柳如是青田石鎮〉	《骨董續記》,民國二十二年排印本,卷四,頁三九一	1	114
076	潘景鄭鈔本		《柳如是尺牘》及《湖上草·跋》	2	116
077	葉恭綽		《全清詞鈔》,第三十卷,頁一五四五	1	117
078	胡文楷		《歷代婦女著作考》,頁三三三	1	118
079	范鍇	〈河東君小傳〉	范鍇《華笑廎雜筆》,道光刊本,卷一,頁五至八/《柳如是事輯》,頁 4～9	1	119
				1	120

<table>
<tr><td>080</td><td>羅振玉</td><td>〈顧云美書河東君傳冊跋〉</td><td>羅振玉《貞松老人外集》，民國上虞羅氏排印《貞松老人遺稿》本，卷三，頁十二至十三／《柳如是事輯》，頁 10～11</td><td>1</td><td>121</td></tr>
<tr><td>081</td><td>徐天嘯</td><td>〈河東君之愛國〉</td><td>《柳如是事輯》，頁 25～26</td><td>1</td><td>122</td></tr>
<tr><td>082</td><td>錢文選</td><td>〈柳夫人事略〉</td><td>《誦芬堂文稿》，民國三十二年排印本，六編，頁四十九至五十一／《柳如是事輯》，頁 27～32</td><td>1</td><td>123</td></tr>
<tr><td rowspan="2">083</td><td rowspan="2">黃傳祖</td><td rowspan="2"></td><td>《扶輪集》，崇禎十五年刊本，卷五，頁五十八／《柳如是事輯》，頁 36</td><td>1</td><td rowspan="2">125</td></tr>
<tr><td>《扶輪集》，崇禎十五年刊本，卷十一，頁四十四至四十七／《柳如是事輯》，頁 37</td><td>1</td></tr>
<tr><td>084</td><td>朱士稚</td><td></td><td>《吳越詩選》，順治冠山堂刊本，名媛詩卷，頁十三／《柳如是事輯》，頁 39</td><td>1</td><td>126</td></tr>
<tr><td>085</td><td>李堂</td><td></td><td>《緣庵詩話》，道光刊本，卷三；按「次韻」二首見《東山酬和集》／《柳如是事輯》，頁 39</td><td>1</td><td>127</td></tr>
<tr><td>086</td><td>陳寅恪</td><td></td><td>《柳如是別傳》，上海古籍出版社，一九八〇年，頁二八七至二八八</td><td>1</td><td>128</td></tr>
<tr><td rowspan="2">087</td><td rowspan="2">況周頤</td><td></td><td>《香東漫筆》卷一，刊於《國粹學報》第六十七期「叢談」，頁三</td><td>1</td><td rowspan="2">130</td></tr>
<tr><td></td><td></td><td>1</td></tr>
<tr><td rowspan="4">088</td><td rowspan="4">丁國鈞</td><td>柳如是寒柳詞</td><td>《荷香館瑣言》，民國二十五年排印《丙子叢編》本，卷下，頁二／《柳如是事輯》，頁 40</td><td>1</td><td>131</td></tr>
<tr><td>柳如是墨蹟</td><td>《荷香館瑣言》，民國二十五年排印《丙子叢編》本，卷下，頁三／《柳如是事輯》，頁 41</td><td>1</td><td>132</td></tr>
<tr><td>蒙叟遺著</td><td>《荷香館瑣言》，民國二十五年排印《丙子叢編》本，卷上，頁七／《柳如是事輯》，頁 42</td><td>1</td><td>133</td></tr>
<tr><td></td><td>《荷香館瑣言》，民國二十五年排印《丙子叢編》本，卷上，頁十</td><td>1</td><td>134</td></tr>
</table>

		〈顧橫波著『駐鶴』字〉	《荷香館瑣言》,民國二十五年排印《丙子叢編》本,卷上,頁十一至十二	1	135
		〈惠香閣爲柳如是所居〉	《荷香館瑣言》,民國二十五年排印《丙子叢編》本,卷下,頁十七	1	136
		〈柳如是旌烈婦〉	《荷香館瑣言》,民國二十五年排印《丙子叢編》本,卷下,頁三十	1	137
089	徐康		《前塵夢影錄》,光緒二十三年刊《靈鶼閣叢書》本,卷下,頁六;中國美術學院出版社一九九九年排印《藝苑珠塵》叢書本,卷下,頁 157～158	1	138
090	朱孔揚	〈絳雲樓掃眉鏡硯〉	《古硯留》,刊《書譜》一九八二年八月第八卷第四期	1	139
091	張伯駒	〈蘼蕪硯〉	錄自張伯駒主編《春游社瑣談》,北京出版社一九九八年版,頁 100～101	1	140
092	謝章鋌		《賭棋山莊集》,「詞話」,光緒甲申刊本,卷三,頁四	1	141
093	吳仰賢		〈小匏庵詩話〉,光緒刊本,卷八,頁八至九	1	142
094	復翁	〈陽春白雪〉	錄自手蹟,據南京圖書館藏元刊本〈陽春白雪〉;另見潘祖蔭輯〈士禮居藏書題跋記〉「〈樂府新編陽春白雪〉」條,光緒八年刊本,卷六,頁六十三至六十四	1	143
095	姚光晉		《瓶山草堂集》,同治十年刊本,卷五,頁十	1	144
096	鄭逸梅		《藝林散葉續編》(中華書局一九八七年初版),第 2299、3336、3365、3550、1055 條	5	149
			《人物和集藏》(黑龍江人民出版社,一九八九年),頁三六○至三六一	1	150
			《近代名人叢話》(四川人民出版社,一九九二年),頁 121	1	151

			《藝林散葉續編》(中華書局一九八七年初版)，第七三五條、八八三條	2	153
097	金武祥	〈玉臺名翰〉	《粟香五筆》,光緒七年羊城刊巾箱本，卷三，頁二十五至二十六	1	154
098	葉昌熾		《緣督廬日記抄》,民國癸酉年蟫隱廬石印本，卷十五癸丑年，頁十一至十二	1	155
099	李葆恂		康來新教授藏本（參見圖片頁23）	1	156
100	改琦			1	157
101	徐渭仁			1	158
102	余秋室		轉引自葛蔭梧輯《蘼蕪紀聞拾遺》，稿本，無頁次	1	159
103	黃宗起	〈跋河木君小象墓誌石刻〉	《知止盦文集》，民國四年排印本，卷二，頁十八	1	160
104	仲廷機		《盛湖志》，民國庚申至乙丑刊本，卷末，頁十	1	161
			《盛湖志》，民國庚申至乙丑刊本，卷十，頁四十一	1	162
			《盛湖志》，民國庚申至乙丑刊本，卷五，頁三	1	163
105	彭兆蓀	〈河東君小影〉	錄自蟫隱廬傳鈔本，散葉，無書名頁次	1	164
106	齊學裘		《見聞隨筆》,同治十年天空海閣之居刊巾箱本，卷二十四，頁九至十	1	165
107	張宗祥		錄自手跡，據陳寅恪舊藏《柳如是尺牘》《柳如是詩》合裝鈔本，無頁次（參見圖片頁21）	1	166
108	翟鳳起		《中華文史論叢》，一九八二年，第一輯，頁一二三	1	167
109	徐樹敏			1	168
110	李雯			1	169
111	蔡澄			1	170
112	褚人穫			1	171

113	徐時作			1	172
114	嚴元照			1	173
115	顧張思			1	174
116	陳維崧			1	175
117	全祖望			1	176
		〈續甬上耆舊詩〉	民國戊午排印本，卷八十，頁一	1	177
		〈題《視師紀略》〉	《鮚埼亭集外編》，嘉慶辛未刊本，卷二十九，頁二十六	1	178
		〈鷗波道人漢書〉	《句餘土音》，舊鈔本，卷四，末頁	1	179
118	佚名			2	181
119	程穆衡			2	183
120	祝純嘏			1	184
121	金鶴沖		《錢牧齋先生年譜》，民國壬申排印本，頁九	1	185
			《錢牧齋先生年譜》，民國壬申排印本，頁二十	1	186
			《錢牧齋先生年譜》，民國壬申排印本，頁二十三	1	187
			金鶴沖撰《錢牧齋先生年譜》，民國壬申排印本，頁一	1	188
122	沈曾植		錄自舊鈔本《投筆集》所過錄沈氏跋語	1	189
123	顧棫			1	190
124	李慈銘		《越縵堂日記·孟學齋日記》，乙集下，頁十至十一	1	191
125	董含	〈拂水山莊〉	《三岡識略》，卷盦藏舊鈔本，卷六，無頁次	1	192
126	錢樹屏		《瓠息齋前集》，乾隆刊本，卷十四，頁五至六	1	193
127	顧鎭			1	194
128	徐乃昌			1	195
129	趙允懷		《支谿詩錄》，道光庚子刊本，卷一，頁八	1	196

130	王晫	〈徐野君先生傳〉	《霞舉堂集》，康熙刊本，卷四，頁七至八	1	197
131	黃宗羲		《撰杖集》，「李因傳」，康熙間刊本，頁十七	1	198
132	李延是		《南吳舊話錄》，民國乙卯鉛排本，卷十八，頁十四	1	199
133	計發		《魚計軒詩話》，周慶雲據桂琴甫舊鈔本重鈔，無頁次	1	200
134	黃裳	〈小方壺存稿〉	《來燕榭書跋》，上海古籍出版社，一九九九年第一版，頁三一八	1	201
135	龔凝祚	〈西泠閨詠序〉	見陳文述撰《西泠閨詠》，丁丙輯《武林掌故叢編》第九集，光緒十三年刊本	1	202
136	龐樹森		轉引自葛蔭梧輯《蘼蕪紀聞拾遺》，稿本，無頁次	1	203
137	周公太	〈柳如是墓〉	《常熟文物勝跡》，古吳軒出版社，一九九四年第一版，頁六六至六七	1	204
		〈紅豆樹〉	《常熟文物勝跡》，古吳軒出版社，一九九四年第一版，頁二一四至二一五	1	205
138	鄭光祖		《醒世一斑錄》，道光二十五年青玉山房刊本，雜述一，頁八	1	206
		〈《子不語》之謬	《醒世一斑錄》，道光二十五年青玉山房刊本，雜述八，頁三七	1	207
139	徐乾學	〈蘇松常道新署記〉	《憺園集》，康熙三十六年刊本，卷二十六，頁八至九	1	208
140	吳騫		《尖陽叢筆》，宣統三年扶輪社排印本，卷一，頁八至九	1	209
141	梁鴻志		《爰居閣脞談》，轉引自徐兆瑋輯《河東君遺事》，稿本，無頁次	1	210
142	周小英			1	211
143	山野	〈錢牧齋與柳如是〉	《大雅雙月刊》，二〇〇五年二月，頁 41～45	1	212

附錄七、當代十二本「柳如是」傳記小說章節目次

一、陸拂明，《蘭舟戀：秦淮八艷之一柳如是》（江蘇：江蘇文藝出版社，1987 年 11 月。字數 194,000，頁數 285）	
一、盛澤才女	1
二、丞相府的陷阱	10
三、柳色青青	19
四、香草垞的名士們	28
五、贈刀與演武	38
六、松江公子宋轅文	53
七、斷琴	67
八、小紅樓之戀	77
九、西湖驚夢	88
十、半野堂	103
十一、滿城風絮是蘇州	103
十二、天崩地裂的甲申年	130
十三、情侶重逢	142
十四、劍術行	160
十五、金陵壯別	178
十六、南都的淪陷	192
十七、生與死的抉擇	206
十八、江陰義士黃毓祺	219

◆文宴說武燕子莊　看戲聽曲西子湖	149
◆寒柳依依爲誰舞　壯士蕭蕭聽劍鳴	155
◆借刀殺人欲奪美　重義輕利爲護花	168
◆卞賽又說柳如是　牧齋不識河東君	183
◆牧齋詩賦章臺柳　如是文宴半野堂	195
◆我聞室風浪乍起　半野堂處變不驚	207
◆踏雪有意賞老梅　拂水無心說紅豆	217
◆國士密議石佛寺　名姝小聚蘇州城	227
◆願違禮教爲知己　敢驚世俗結秦晉	237
◆虞山立志修明史　京口停船祭大江	246
◆石頭城黨爭依舊　秦淮河風流不再	259
◆奸心送禮藏詭計　素手擊鼓壯軍威	273
◆女丈夫取節求死　老尚書低眉貪生	283
◆宦海沉舟甘受辱　巾幗捐資誓復明	295
◆陳子龍爲國捐軀　柳如是從夫赴難	306
◆劫後又見《兩漢書》　焚前再讀《湖上草》	319
◆才子生前得紅豆　名姝噩耗驚江南	331
七、**聽雨閣主，《秦淮翹楚柳如是》**（北京：民主與建設出版社，1999 年 7 月。字數 221,000，頁數 331）	
⊙轉眼風流歇，才記得相逢時節	1
⊙才提起，聲先咽，種出那歎曲愛葉	15
⊙月兒高，繫裙腰，十二欄杆步步嬌	35
⊙意難忘，沉醉樂風錦帳香	51
⊙怎割捨風流業種，畢竟相同	67
⊙看他詩中字，芳心懂	89
⊙剔銀燈，甘與子同夢	111
⊙罵一聲俏冤家，鴛鴦結心鎖	135
⊙眞個有酒必雙杯，無花不開蒂	149
⊙念奴嬌，惜奴嬌，海棠月上玉樓宵	175
⊙都道花香，引得蜂浪蝶狂	191
⊙小溫存，領略人間一刻春	209
⊙花朝擁，月夜偎，嘗盡溫柔滋味	227

⊙楊柳蠻腰，翠裙鴛繡金蓮小	249
⊙人約黃昏後，怎的可對人言	271
⊙憐才慕色太紛紛，活牽連一種痴人	285
⊙死纏綿一種痴魂，穿不透風流陣	301
八、杜紅，《女中丈夫柳如是》（臺北：花田文化，1999 年 12 月。字數 149,000，頁數 255）	
第一章　生小娉婷	5
第二章　相府爲婢	27
第三章　陳家侍妾	53
第四章　紅顏皓首	83
第五章　尙書夫人	111
第六章　有虧大節	137
第七章　意外訪客	163
第八章　奔走救夫	191
第九章　說客金陵	219
第十章　殉身保家	239
九、禾青，《柳如是》（北京：新華出版社，2001 年 1 月。字數 500,000，頁數 603）	
第一章　夢縈魂繞　黃皆令心繫大漠北 心牽意掛　陳子龍難忘柳如是	1
第二章　假和尚打破五味瓶　動眞情難煞柳如是	13
第三章　明明是愛　卻偏說恨　柳如是悲苦自嘗 磊落君子　成人之美　陳子龍遠走他鄉	33
第四章　絳雲樓三美顯才藝　老學究發難自露拙	49
第五章　積德路上專幹缺德事　回鄉途中慷慨救佳人	60
第六章　義憤塡膺　錢謙益慨允救弱女　舊病復發　爲謀官違心頌邪惡	79
第七章　引狼入室　錢謙益自釀苦酒　沉著應變　柳如是巧罵淫賊	98
第八章　萬念俱灰　王修薇削髮橫雲山　爲立新君　錢謙益結怨阮大鋮	109
第九章　顧全大局　史可法肝膽照千秋　前途堪憂　錢謙益惶惶難終日	132
第十章　慷慨從行　陳子龍浩氣沖天　吹捧政敵　錢謙益掩耳盜鈴	153
第十一章　祭高冢　柳如是欲作梁紅玉　睹芳姿　阮大鋮垂涎柳夫人	178
第十二章　不思御敵救國　挖空心思獵女色　只因私心太重　錢謙益暗中圈套	192
第十三章　玩諧音巧罵禍國賊　贈珠冠再施陰狠計	208
第十四章　阮紅芳夤夜入錢府　柳如是神馳揚州城	233

十、文鴻、李君，《獨立寒塘柳——柳如是傳》（石家莊：花山文藝出版社，2001 年 1 月。字數 322000，頁數 404）

7. 第四章　遇淫威宛娘驚虎口，激義憤書生斥牙行
1. 寺內搜人
2. 私藏小宛
3. 痛失善本
4. 脅迫出頭
5. 牙行兇焰
6. 心懷鬼胎
8. 第五章　爭名位兄弟鬩牆，辯正邪師生反目
1. 圓圓被騙
2. 迫問實情
3. 挑撥人心
4. 僧房戲謔
5. 上門算帳
6. 揭破陰私
9. 第六章　癡情女夢迷病榻，失意人夜訪半塘
1. 噩夢驚魂
2. 不速之客
3. 傾訴悲喜
4. 苦留後約
5. 矢志相從
10. 第七章　錢謙益心灰意冷，柳如是婦唱夫隨
1. 舌劍唇槍
2. 訪友消愁
3. 家僕之累
4. 收服李寶
5. 交易不成
6. 遁跡園林
7. 借詩勵志
11. 第八章　遊金山淚承謔吻，走屍林悲動長吟
1. 金山遇友
2. 各懷心事
3. 天意成全

4. 抱負不同
5. 全家自盡
6. 生靈塗炭
7. 京師見聞
12. 第九章　惜遺才深憂重慮，應鄉試意馬心猿
1. 苦候情郎
2. 放言無忌
3. 貴人援手
4. 背信疑雲
5. 整裝赴試
6. 考場百態
7. 賣婆點撥
8. 武廟求籤
13. 第十章　借戲班小計賺鬍子，斥閹孽私語動侯生
1. 用計撮合
2. 饞貓借戲
3. 當眾允諾
4. 借戲罵奸
14. 第十一章　亂象紛呈上書碰壁，奇器迭出傳教有方
1. 滿腔赤誠
2. 當頭棒喝
3. 危機四伏
4. 共賞秋菊
5. 西洋教士
6. 謁見首輔
15. 第十二章　施援手三招制惡，談時局一夜驚魂
1. 勾引道姑
2. 抱病理財
3. 碼頭綁架
4. 好事多磨
5. 酒席圈套
6. 辣手制惡

7. 警報頻傳
《白門柳 2：秋露危城》
1. 第一章　風雲突變崇禎殉國，危亡緊迫斗室密謀
1. 赴府謝師
2. 驚聞國變
3. 犯顏苦諫
4. 前車之鑒
5. 密謀擁潞
6. 太子迷蹤
2. 第二章　舉家避亂初嘗苦困，決策立君激辯親疏
1. 倉皇出逃
2. 家眷之累
3. 透露眞情
4. 渡江遇賊
5.「七不可立」
6. 苦勸捨潞
7. 舉棋不定
8. 滿懷怨毒
9. 另謀援手
3. 第三章　爭入幕復社破局，背前盟奸佞欺心
1. 書坊豪言
2. 倡議入幕
3. 分歧尖銳
4. 互訴閨情
5. 刺探消息
6. 尷尬被逐
7. 忍讓求和
4. 第四章　方以智乞食投留都，小福王進城登大寶
1. 初擔責任
2. 包港奇遇
3. 慘說京城
4. 公揭爭名

5. 執意參政
6. 福王入京
7. 舊院消息
8. 珠花情重
5. 第五章　弄兵柄馬瑤草竊位，盡愚忠史可法出都
1. 話不投機
2. 成見難消
3. 史馬易位
4. 學子請願
5. 求助太監
6. 布置攔街
7. 節外生枝
8. 謀劃成空
6. 第六章　復冠帶小人得志，解困厄社友同仇
1. 美色交易
2. 聞訊狂喜
3. 自行擬旨
4. 失節事露
5. 驚悉慘禍
6. 激辯遺書
7. 御前混鬥
8. 僧院風波
7. 第七章　錢謙益牽驢博笑，劉宗周遇盜論心
1. 喜獲升遷
2. 客途幽怨
3. 使臣北上
4. 義利之辯
5. 刺客臨門
6. 居危若安
7. 下車伊始
8. 第八章　軟硬兼施清廷通牒，驕橫不法鎮將逞兇
1. 將驕兵惰

2. 微服求救
3. 清廷通牒
4. 校場演兵
5. 大開殺戒
6. 中秋遊船
7. 演劇懲奸
9. 第九章　戲女客柳如是恃貴，興黨獄周仲馭蒙冤
1. 禍起蕭牆
2. 精心準備
3. 苦遭戲弄
4. 逆案順案
5. 亂局追源
6. 喬裝探獄
7. 朝房燈影
8. 直諫被斥
10. 第十章　感身世枯梅悲白雪，醉太平暖閣賞奇珍
1. 結伴入都
2. 嚴兄訓弟
3. 放蕩頹唐
4. 冷面鐵心
5. 淚灑殘梅
6. 珍寶滿堂
7. 聞警嗤笑
11. 第十一章　辨太子朝野惡鬥，清君側內外崩摧
1. 太子傳聞
2. 開場說書
3. 後宮淫毒
4. 提心吊膽
5. 一字之師
6. 刑訊逼供
7. 左鎮興兵
8. 大捕黨人

12. 第十二章　柳如是投水明志，錢謙益降清獻城
1. 苦撐危局
2. 矢志殉國
3. 痛斥君權
4. 兵臨城下
5. 夫婦反目
6. 雞飛狗走
7. 決策迎降
8. 奮身投池
《白門柳 3：雞鳴風雨》
1. 第一章　勾心鬥角降臣媚新主，剃髮改服嚴令出清廷
1. 舊京新主
2. 首鼠兩端
3. 野心勃勃
4. 朝房風波
5. 另尋門道
6. 狼狽就範
2. 第二章　憤殺新官餘姚舉義，難挽亂局闔家逃亡
1. 奮起反抗
2. 義營獻策
3. 驚聞噩耗
4. 守靈之夜
5. 勉強留守
6. 焦急等待
7. 據理力爭
8. 再度出逃
3. 第三章　錢塘迎敵鋒芒初試，江陰死節浩氣長存
1. 初臨戰陣
2. 擾敵疑兵
3. 江陰對峙
4. 變計攻城
5. 冒死馳援

6. 錢塘惡鬥
7. 主力逞威
4. 第四章　馬鞍山遇兵慘遭屠掠，留都女懷春難遣寂寥
1. 赴約遇險
2. 墓園驚魂
3. 艱難跋涉
4. 慘遭屠掠
5. 怨憤難平
6. 空閨落寞
7. 舊好情癡
5. 第五章　錢謙益陛見北京城，洪承疇視察徽州府
1. 心亂如麻
2. 情懷各異
3. 魂不守舍
4. 巡視歙縣
5. 恩威並用
6. 扯謊脫身
6. 第六章　苦催餉鄉民匿跡，困窮途孝子傷情
1. 回鄉催餉
2. 接連撲空
3. 交易怪圈
4. 窮困潦倒
5. 小道消息
6. 羞怒交集
7. 破罐破摔
7. 第七章　官山閱兵殘民以逞，書生拒降視死如歸
1. 審出密信
2. 覓隙鑽營
3. 賣身投靠
4. 拷問良知
5. 枉費唇舌
6. 書場小聚

7. 巷聞之談
8. 第八章　綺夢沉迷柳如是放志，繁華凋謝李十娘從良
1. 香閨情怨
2. 商議捉姦
3. 意外求見
4. 驚破迷夢
5. 曲終人散
6. 狠心割捨
9. 第九章　史館孤燈《揚州十日》，孝陵殘照悲淚千行
1. 血腥實錄
2. 密謀後路
3. 一齣雙簧
4. 拜謁孝陵
5. 鋌而走險
6. 渡口悲歌
7. 避而不見
10. 第十章　魯監國揮師西進，錢謙益失意南歸
1. 穴門之憂
2. 水戰破敵
3. 軍情緊急
4. 意外重逢
5. 搜捕內應
6. 脫身南歸
7. 驚悉家變
8. 寬恕愛妾
11. 第十一章　苦心謀劃裡應外合，全線崩潰豕突狼奔
1. 獻曲酬賓
2. 觸動真情
3. 謠言造亂
4. 孤膽奪門
5. 聽潮勵志
6. 冒險堅守

附錄八、柳如是相關資料知見錄

（依出版年月排序，前有☆表尚未寓目）

～柳如是的文學作品

1. 柳如是，〈金明池．詠寒柳〉，蘇者聰，《中國歷代婦女作品選》（上海：上海古籍出版社，1987 年 11 月），頁 342～433。
2. 柳如是，〈春日我聞室作呈夫子〉，祁曉明評注，《中國歷代才女詩歌鑒賞辭典》（鄭光儀主編）（北京：中國工人出版社，1991 年 6 月），頁 1464～1466。
3. 柳如是，〈踏莎行．寄書〉，段躍慶評注，《歷代婦女詞百首選注》（雲南：雲南大學出版社，1992 年 1 月），頁 78～79。
4. 柳如是，〈踏莎行．寄書〉、〈春日我聞室作呈夫子〉、〈西泠十首〉、〈次韻答牧翁冬日泛舟〉、〈次韻永興寺看綠萼梅作〉，沈立東、葛汝桐主編，《歷代婦女詩詞鑒賞辭典》（北京：中國婦女出版社，1992 年 4 月）。
5. 柳如是，〈五日雨中〉、〈楊柳〉、〈楊花〉、〈西河柳花〉、〈送行〉、〈與錢謙益〉、〈垂陽碧〉、〈浣溪沙．五更〉、〈踏莎行．寄書〉、〈南鄉子．落花〉、〈江城子．憶夢〉、〈訴衷情近．添病〉、〈少年游．重游〉、〈夢江南．懷人〉、〈更漏子．聽雨〉、〈河傳．憶歸〉、〈兩同心．夜景代人作〉，劉引、孫安邦、潘愼，《歷代名妓詩詞曲三百首》（山西：山西人民出版社，1992 年 10 月），頁 257～273。
6. 柳如是，〈金明池．詠寒柳〉，葛曉音選注，《中國歷代女子詩選》（北京：北京大學出版社，1995 年 7 月），頁 133～134。
7. 谷輝之輯，《柳如是詩文集》（影印浙江圖書館藏本）（浙江：中華全國圖書館文獻縮微複製中心，1996 年 8 月）。
8. 柳如是，〈春日我聞室作呈夫子〉、〈西泠〉、〈金明池．詠寒柳〉，班友書編注，《中國女性詩歌粹編》（北京：中國文聯出版公司，1996 年 9 月），頁 455～457。

9. 柳如是，〈夢江南〉其一～三，〈聲聲令·詠風箏〉、〈金明池·詠寒柳〉，張珍懷選注，《清代女詞人選集》（臺北：文史哲出版社，1997 年 10 月），頁 10～14。
10. 柳如是，〈西泠〉、〈和泛舟詩韻〉、〈題祁幼文寓山草堂〉、〈春日我聞室作呈夫子〉、〈劉夫人移居金陵賦此奉寄〉、〈寒食雨後〉、〈金明池·詠寒柳〉，王延梯輯，《中國古代女作家集》（山東：山東大學出版社，1999 年 2 月），頁 536～538。
11. 柳如是，〈踏莎行·寄書〉，史玉德編著，《名媛雅歌》（鄭州：中州古籍出版社，1999 年 5 月），頁 861～864。
12. 劉燕遠，《柳如是詩詞評注》（北京：北京古籍出版社，2000 年 1 月）。
13. 柳如是，〈夢江南〉，李國強、白冬雁，《歷朝送別憶舊詩：踏莎行卷》（北京：華夏出版社，2000 年 2 月），頁 314。
14. 柳如是，〈西湖八絕句之一〉、〈春日我聞室作〉，于志斌、施培毅選編，《婉約詩》（安徽：文藝出版社，1999 年 6 月 1 版，2000 年 6 月 2 刷），頁 490～492。
15. 谷輝之輯，《柳如是詩文集》（上海：上海古籍出版社，2000 年 10 月）。

一、崇禎六至十一年：《戊寅草》詩一百零六首、詞三十一首、賦三篇

二、崇禎十二年：《湖上草》詩三十五首

三、崇禎十二至十三年：《尺牘》三十一通

四、崇禎十三至十五年：《東山酬和集》詩十八首

五、《柳如是詩文補輯》：詩二十四首、詞二首、文一篇

（小計：詩一百八十三首、詞三十三首、賦三篇、文一篇、尺牘三十一通）

☆六、《紅豆村莊雜錄》二卷

☆七、《我聞室鴛鴦樓詞》

☆八、《河東君詩文集》十二卷

☆九、《柳如是詩輯本》

☆十、《題畫詩》一卷

☆十一、《我聞室梅花集句》三卷

（六～十一，據胡文楷編著，《歷代婦女著作考》）

十二、鄒漪輯〈柳如是詩十首〉

☆十三、《柳如是家信稿》一本（十六通，自寫）

☆十四、《又被累下獄時與柳如是信底稿》（原注：「內有詩草底稿」）一本

（十三、十四，據陳寅恪，《柳如是別傳》頁 899：「檢趙宗建，《舊山樓書目》」）

16. 周書田，《柳如是集》（江蘇：古籍出版社，2001年6月）。
17. 周書田、范景中輯校，《柳如是集》（杭州：中國美術學院出版社，2002年3月）。
18. 柳如是，〈金明池・詠寒柳〉，鄭紅梅選注，收於錢仲聯等撰，《名家品詩坊・元明清詞》（上海：上海辭書出版社，2004年6月），頁114～118。
19. 白巍注評，《點點香魂清夢裏》〈柳如是詩詞〉（北京：中華書局，2004年5月）。

～柳如是的編輯作品

1. ☆柳如是編，《古今名媛詩詞選》，1937年中西書局據傳鈔本排印，有柳氏自跋，錄入刊書序中（此據胡文楷編著，《歷代婦女著作考》，頁434）
2. 錢謙益，錢陸燦輯，《列朝詩集・閏集》（上海：上海古籍出版社，1983年10月）。

～柳如是的畫作

1. 柳隱畫，《柳如是山水人物冊》（上海：上海神州國光社，1909年7月）。
2. 柳如是畫，〈月堤煙柳圖卷〉，1943年作，紙本，25.1×126.5公分，圖片版權及收藏：北京故宮博物院。
3. 柳如是畫，〈魚嬉圖〉，易欣宏編，《2009古董拍賣年鑒・書畫》（湖南：湖南美術出版社，2009年3月），頁15。

～柳如是相關史傳、傳說、筆記、改編

（一）專書

1. 鈕琇編，《觚賸正續集》（上海：大達圖書供應社，1935年1月）。
2. 雪苑懷圃居士，《柳如是事輯》（京都：彙文堂書莊，昭和卅一年八月）。
3. 葛蔭梧，《蘼蕪紀聞》《叢書集成續編》第39冊（上海：上海書店，1994年）。
4. 周法高，《錢牧齋、柳如是佚詩及柳如是有關資料》（臺北：作者自印本，1978年7月）。（含錢孺飴輯《錢氏家變錄》）
5. 周法高，《柳如是事考》（臺北：作者自印本，1978年9月）。
6. 陳寅恪，《柳如是別傳》（上海：上海古籍出版社，1980年8月）。
7. 胡文楷，《清錢夫人柳如是年譜》（臺北：商務印書館，1981年4月）。
8. 陸拂明，《蘭舟戀：秦淮八艷之一柳如是》（江蘇：江蘇文藝出版社，1987年11月）。

9. 石楠，《寒柳——柳如是傳》（北京：人民文學出版社，1988年）。
10. 宋詞，《亂世名姬・柳如是》（浙江：浙江文藝出版社，1996年10月）。
11. 彭麗君，《柳如是——中國第一名姬》（南海出版社，1997年1月）。
12. 卞敏，《柳如是新傳》（浙江：浙江人民出版社，1997年12月）。
13. 劉敬堂、胡良清，《風塵奇女・柳如是》（臺北：漢欣文化，1996年5月；廣東：花城出版社，1998年8月）。
14. 聽雨閣主，《秦淮翹楚柳如是》（北京：民主與建設出版社，1999年7月）。
15. 杜紅，《女中丈夫柳如是》（臺北：花田文化，1999年12月）。
16. 谷輝之輯，《柳如是詩文集》・附錄：傳記四篇、雜記六十五則、題詠一百八零首》（上海：上海古籍出版社，2000年10月）。
17. 禾青，《柳如是》（北京：新華出版社，2001年1月）。
18. 文鴻、李君，《獨立寒塘柳——柳如是傳》（石家莊：花山文藝出版社，2001年1月）。
19. 蔣麗萍，《柳葉悲懷——柳如是傳》（上海：上海古籍出版社，2001年1月）。
20. 周書田、范景中輯校，《柳如是事輯》（杭州：中國美術學院出版社，2002年3月）。序中言柳如是事輯之作，所知者十一家，所見者九家，後二書爲未見者：

    ① 雪苑懷圃居士《柳如是事輯》

    ② 葛蔭梧《蘼蕪紀聞》

    ③ 周法高《柳如是有關資料》

    ④ 胡荃《錢牧齋柳如是逸事》

    ⑤ 丁芝孫《河東君軼事》

    ⑥ 袁瑛《我聞室賸稿附編》

    ⑦ 胡文楷

    ⑧ 長樂吉祥室寫本《河東君遺事》

    ⑨ 徐兆瑋《河東君遺事》

    ⑩ 鍾毓龍《我聞如是之軼事》

    ⑪ 黃裳《河東君事輯》
21. 周玉清、賀正儀，《金陵艷——柳如是傳》（天津：百花文藝出版社，2003年7月）。
22. 徐迅，《陳寅恪與柳如是》（北京：北京古籍出版社，2006年4月）。
23. 劉斯奮，《白門柳》，長江文藝出版社，2009年7月、南方家園出版社，2016年電子書。

（二）單篇

1. 〈柳如是之荷池殉節〉、〈柳如是之史可法盡忠〉、〈柳如是之自憐身世〉，《六大名班曲本：人壽年》（廣州：華興書局）。（藏於傅斯年圖書館善本室俗曲）
2. 荀慧生，〈慧生新劇柳如是／小留香館〉、〈柳如是曲詞〉，《戲劇月刊》第8期（上海：大東書局，1929年），頁1～4。（藏於傅斯年圖書館善本室俗曲）
3. 陶珽，《續說郛》（臺北：新興書局，1972年3月影印清順治丙戌年1646年刻本）。
4. 易君左，〈柳如是〉，《中國百美圖》（臺北：大明王氏出版有限公司，1973年7月），頁266～268。
5. 梁乙眞，〈風塵三隱：周羽步、柳如是、顧橫波〉，《清代婦女文學史》（臺北：中華書局，1979年2月），頁34～41。
6. 胡文楷編著，〈柳如是〉，《歷代婦女著作考》（增訂本）（上海：上海古籍出版社，1985年7月），頁430～434。
7. 周宗盛，〈一代尤物柳如是〉，《中國才女》（臺北：水牛出版社，1986年7月），頁283～324。
8. 王宇達編，〈柳如是〉，《傾國名花》（臺北：國家出版社，1988年5月），頁177～178。
9. 戚宜君，〈錢謙益配不上柳如是〉，《情詩・詩情》（臺北：希代出版社，1986年1月初版，1988年6月4刷），頁285～289。
10. 劉侃，〈放誕風流絕代才——明季風塵女丈夫柳如是〉，《中國十歌妓外傳》（艾寧等編著）（湖北：荊楚書社，1988年10月），頁144～167。
11. 羅懷臻、紀乃咸，〈新編歷史傳奇——風月秦淮〉，《西施歸越——羅懷臻探索戲曲集》（上海：學林出版社，1990年7月），頁170～223。
12. 輔之，〈柳如是〉，《十大名妓》（秦克、鮑民等著）（上海：上海古籍出版社，1990年8月），頁87～107。
13. 聞韻，〈名媛俠姝河東君——柳如是小傳〉，《青樓悲歌——中國名妓列傳》（河南：中州古籍出版社，1990年8月），頁94～123。
14. 周黎庵，〈秦淮三名妓〉、〈柳如是的詩才與志氣〉，《清詩的春夏》（臺北：漢欣出版社，1990年11月），頁58～68。
15. 張曉虎，〈柳如是〉，《清初四大名妓》（北京：中國人民大學出版社，1991年1月），頁14～55。
16. 〈柳如是〉，《中國美術辭典》（上海：上海辭書出版社，1987年12月1版，1991年1月3刷），頁90。

17. 莊練，〈文采風流柳如是〉，《中國古代名女人》（臺北：國文天地雜誌社，1991 年 3 月），頁 191～216。
18. 〈題柳如是畫像〉，《袁枚詩文選譯》（臺北：錦繡出版社，1992 年 5 月），頁 89～94。
19. 黃朝儀，〈柳如是〉，《芝蘭芳草》（臺北：三友圖書公司，1992 年 9 月），頁 474～478。
20. 張曉虎，〈晴空覓個顛狂處——柳如是〉，《影響中國歷史的一百個女人》（廣東：廣東人民出版社，1992 年 11 月），頁 253～256。
21. 高陽，〈掌上珊瑚憐不得〉，《再生香》（臺北：遠景出版事業公司、臺北：風雲時代出版公司，1990 年，1988 年 10 月初版，1993 年 3 月），頁 175～178。
22. 邱維俊，〈柳如是的傳說〉，《民間文學》，1993 年第 1 期，頁 54。
23. 川上子，〈明代的樂伎——風塵女丈夫柳如是〉，《中國樂伎》（上海：上海音樂出版社，1993 年 1 月），頁 188～190。
24. 伏琥，〈身在青樓，心懸海宇——詩人柳如是〉，《翰林紅顏》（臺北：漢欣文化，1993 年 4 月），頁 214～231。
25. 萬獻初，〈柳如是〉，《中國名妓》（廣西：灕江出版社，1993 年 5 月），頁 105～107。
26. 張英玉，〈柳如是〉，《歷代名媛百詠》（北京：測繪出版社，1993 年 6 月），頁 126～127。
27. 蔡仲賓講述，尹培民搜集整理，〈柳如是諍言勸夫〉，《中國歷代名媛》（林新乃編）（上海：上海文藝出版社，1993 年 6 月），頁 629～631。
28. 龔顯宗，〈文采風流、氣節軒昂的柳如是〉，《蘭圃飄香——中國女性文學家列傳》（高雄：前程出版社，1993 年 10 月），頁 121～126。
29. 張明葉，〈柳如是與其他妓女作者〉，《中國古代婦女文學簡史》（遼寧：教育出版社，1993 年 11 月），頁 416～421。
30. 葉一青、陳輝、遠江，〈柳如是〉，《中國歷代名妓大觀》（吉林：延邊大學出版社，1993 年 12 月），頁 815～844。
31. 萬獻初，〈柳如是〉，《中國名妓》（臺北：夏圃出版社，1994 年 8 月），頁 131～133。
32. 車水，〈柳如是紅顏戀白髮〉，《中國歷代名女・名妓卷》（北京：中國三峽出版社，1994 年 12 月），頁 319～326。
33. 陳定玉、陳節，〈俠肝義膽風塵女——名妓柳如是〉，《古代奇女子傳奇》（臺北：可筑書坊，1994 年），頁 128～134。
34. 紀德君編著，〈情俠篇——柳如是勸夫全大節〉，《紅顏薄命名妓優伶》（廣西：廣西教育出版社，1995 年 4 月），頁 219～223。

35. 冉華德，〈烈腸忠魄唱河東——旖旎風流柳如是〉，《十大才女之謎》（四川：四川人民出版社，1995 年 12 月），頁 317～439。
36. 柳詠玉、楊林山、王光照，〈縱回楊愛千金笑，終勝歸莊萬古情〉，《歷史迷霧中的女人——歷代女傑傳奇》（北京：團結出版社，1995 年），頁 1302～1321。
37. 朱淡文，〈俠女名姝——追求人格尊嚴的柳如是〉，《二十四才女傳》（臺北：淑馨出版社，1996 年 4 月），頁 199～214。
38. 張薇、鄭志東，〈才高藝絕的柳如是〉，《中國歷代才女》（河南：河南人民出版社，1996 年 7 月），頁 165～176。
39. 萬繩楠，〈女中丈夫柳如是〉，《中國娼妓漫話》（合肥：黃山書社，1996 年 12 月），頁 162～171。
40. 馬清福，〈奇女子柳如是・柳如是的詩文創作〉，《文壇佳秀——婦女作家群》（遼寧：遼寧人民出版社，1997 年 8 月），頁 18～29。
41. 朝汎、天華主編，〈巧鳳吹碎人兒意——「女俠名姝」柳如是〉，《中國歷代才女傳》（湖北：湖北人民出版社，1997 年 8 月），頁 430～434。
42. 邱小盈，〈放誕風流絕代才——明季風塵女豪傑柳如是〉，《風塵俠女傳奇》（臺北：林鬱文化，1998 年 5 月），頁 134～164。
43. 鈕琇，〈河東君〉，收於陸林主編，王星綺、曹選觀選注，《清代筆記小説類編・煙粉卷》（安徽：黃山書社，1994 年 6 月 1 版，1998 年 1 月 2 刷），頁 56～62。
44. 俞劍華，〈明朝婦女之繪畫——柳隱〉，《中國繪畫史》（北京：商務印書館，1998 年），頁 126。
45. 鄭偉章，〈柳如是〉，《文獻家通考》上冊（北京：中華書局，1999 年 6 月），頁 44～45。
46. 王文泉，〈柳如是男裝足風流〉，《秦淮史話叢書・秦淮八艷》（北京：中國物質出版社，1999 年 7 月）。
47. 戚宜君，〈柳如是的文采與放誕〉，《中國歷代名女人評傳・明朝篇》（臺北：花田文化，1999 年 11 月），頁 227～237。
48. 宋艷萍、趙根華，〈閨閣心懸海宇旗——柳如是傳〉，《歷代名媛傳》（山東：山東人民出版社，2000 年 3 月），頁 415～432。
49. 蘇同炳，〈文采風流柳如是〉，《中國古代名女人》（天津：百花文藝出版社，2000 年 1 月 1 版，2000 年 5 月 2 刷），頁 177～198。
50. 盧群，〈柳如是——收服錢謙益、雌諸葛〉，《閨閣清芳——蘇州名媛故事》（蘇州：古文軒出版社，2000 年 9 月），頁 99～114。
51. 毛秀月，〈女俠名姝柳如是〉，《女性文閒談》（北京：團結出版社，2000 年 1 月一版。2000 年 9 月二刷），頁 175～176。

52. 岫渝譯寫，〈河東君〉，《神女生涯原是夢——煙粉優伶》（臺北：麥田出版社，2000 年 12 月），頁 58～65。
53. 牛釗，〈香君小宴〉，《新潮昆曲四種》（南京：江蘇文藝出版社，2001 年 5 月），頁 1～64。
54. 龔顯宗，〈文采風流、氣節軒昂的柳如是〉，《女性文學百家傳》（臺南：眞平企業有限公司，2001 年 7 月），頁 371～376。
55. 羅懷臻，〈柳如是〉，《九十年代——羅懷臻劇作選》（上海：上海社會科學院出版社，2002 年 6 月），頁 203～247。
56. 秦漢唐，〈晴空覓個顚狂處．秦淮名妓——柳如是〉，《影響歷史的女中豪傑》（臺北：廣達文化，2002 年），頁 224～229。
57. 秦就，〈第二章羊山遇險．六〉，《臺灣之父鄭成功》（臺北：實學社，2002 年），頁 68～73。
58. 〈天生尤物——柳如是〉，張莉、張清華主編，《世界名人百傳——十大名妓》（新疆：喀什維爾文出版社，2002 年 6 月），頁 89～112。
59. 江蘭，〈人何在？人在煙雨湖——柳如是評傳〉，舒暢、左書諤主編，《中國歷史上的十大名伎》（甘肅：人民出版社，2003 年 1 月），頁 189～231。
60. 黄勝，〈風塵女俠才八斗——柳如是〉，《正說歷代十大名妓》（臺北：大地出版社，2006 年 7 月），頁 203～232。
61. 趙霞、向洪主編，〈芳魂俠骨柳如是〉，《正說秦淮八艷》（哈爾濱：哈爾濱出版社，2006 年 12 月），頁 55～70。
62. 秋雨編，〈風雨飄搖中的秦淮河畔〉，《藏在歷史深處的絕代佳人》（北京：中國長安出版社，2007 年 7 月），頁 260～268。

～柳如是相關影視資料

1. 越劇〈風月秦淮〉（1991 年上海越劇院首演，羅懷臻編劇，張森興導演，章瑞虹、方亞芬主演）
2. 越劇電視劇〈秦淮煙雲〉（1991 年上海及大陸中央電視臺合拍，羅懷臻、紀乃咸、沙仁編劇，張韻華、沙如榮導演，單仰萍主演柳如是，史濟華主演錢謙益）
3. 新編漢劇〈柳如是〉（1999 年廣東省漢劇院演出，羅懷臻編劇，導演韓林根、李仙花，李仙花主演柳如是，張廣武主演錢謙益）
4. 電影〈歷代名妓——悲落葉之柳如是〉（2000 年 5 月臺北演出，成大國際影視事業，邱木棋導演，張婉妮編劇，瑩淇主演柳如是）
5. 電視劇〈夢繫秦淮多爾袞〉（2002 年深圳電視臺，原片名爲〈魂斷秦淮〉，邵玉清編劇，朱建新、張子恩、周小兵導演，馬千姍主演柳如是、李鳴主演錢謙益、陳道明主演多爾袞）

6. 電視劇〈桃花扇傳奇〉（2002 年衛視中文臺，王琛、陳軼超、王海洲編劇，高翊竣、李翰滔、白煒輝導演，李凌凌主演柳如是、趙敏捷主演錢謙益）
7. 廣東漢劇《白門柳》（2004 年 6 月 10～16 日在北京保利劇院連演七場，王延松導演，韓再芬飾演柳如是，杜源飾演錢謙益）
8. 電視劇〈秦淮悲歌〉（2007 年廣東電視臺攝製，蔚江編劇，根據劉斯奮原著，茅盾文學獎一等獎《白門柳》改編，王進導演，伊能靜飾演柳如是，巍子飾演錢謙益）
9. 電影〈柳如是〉二〇一二年由中央新聞記錄電影製片廠與常熟市政府聯合出品，吳琦執導。萬茜飾演柳如是，泰漢飾演錢謙益，馮紹峰飾演陳子龍。（錄自百度網站）

～研究柳如是的論述：

（一）專書

1. 周法高，《柳如是事考》（臺北：作者自印本，1978 年 7 月）。
2. 陳寅恪，《柳如是別傳》（上海：上海古籍出版社，1980 年 8 月）。
3. 周采泉編著，《柳如是雜論》（江蘇：江蘇古籍出版社，1986 年 1 月）。
4. 孫康宜著，李奭學譯，《陳子龍柳如是詩詞情緣》（臺北：允晨文化，1992 年 2 月）。
5. 胡守爲編，《柳如是別傳與國學研究》（浙江：人民出版社，1995 年 10 月）。
6. 陳美延編，《陳寅恪集・柳如是別傳（上、中、下）》（全集共十三種十四冊）（北京：生活・讀書・新知三聯書店，2001 年 1 月 1 版，2001 年 5 月 3 刷）。
7. 高月娟，《柳如是及其《戊寅草》研究》（臺中：東海大學中文研究所碩士論文，2001 年 6 月）。
8. 沈伊玲，《柳如是及其詩詞研究》（臺南：國立臺南大學教育經營與管理研究所碩士論文，2005 年 6 月）。
9. 郭香玲，《柳如是《湖上草》初探》（高雄：國立中山大學中文學系（夜間專班）碩士在職專班論文，2006 年 1 月）。

（二）期刊論文

1. 胡文楷，〈柳如是年譜〉，《東方雜誌》，1947 年。
2. 周法高，〈讀《柳如是別傳》〉，《歷史語言研究所集刊》，1952 年。
3. 周法高，〈論柳如是〉，《書和人》，1978 年。
4. 周法高，〈柳如是年表〉，《書和人》，1978 年。

5. 樸人，〈錢謙益（牧齋）與柳如是〉，《中央日報》，1961 年 7 月 5 日。
6. 樸人，〈錢牧齋與柳如是〉，《掌故漫拾》，1974 年。
7. 陳寅恪，〈《柳如是別傳》緣起〉，《學術研究》，1978 年。
8. 杜若，〈錢牧齋和柳如是〉，《自由談》第三十卷，第二期，1979 年 2 月，頁 31～33。
9. 汪榮祖，〈儒士兼俠女的河東君——陳寅恪著「柳如是別傳」書後〉，《明史研究專刊》第 5 期，1982 年 12 月，頁 319～337。
10. 周采泉，〈《柳如是別傳》匡失四例〉，《學林漫錄》，1984 年。
11. 連波，〈行神如空，行氣如虹：讀袁枚《題柳如是畫像》〉，《殷都學刊》，1987 年。
12. 鄧隱，〈柳如是並非秦淮妓〉，《南京史志》，1987 年。
13. 黃富源，〈柳如是別傳匡失四例質疑〉，《貴州大學學報》，1988 年。
14. 繆鉞，〈再讀《柳如是別傳》〉，《文獻》，1989 年第 4 期，頁 143。
15. 曹紀農，〈錦心繡口奇氣俠腸——柳如是〉，《文史知識》總 116 期，1991 年第 2 期，頁 67～70。
16. 莊練，〈文采風流柳如是〉，《國文天地》，1991 年 3 月。
17. 孫康宜，〈柳是對晚年詞學中興的貢獻〉，《女性人》（臺北：女性人研究室，1991 年 9 月）。
18. 裴世俊，〈共檢莊周說劍篇——爲人詬病的錢柳姻緣〉，《錢謙益詩歌研究》（寧夏：寧夏人民出版社，1991 年 12 月），頁 104～121。
19. 俞允堯，〈秦淮八豔傳奇之二〉，《歷史月刊》第 58 期，1992 年 11 月，頁 64～70。
20. 康正果，〈重新認識明清才女〉，《中外文學》，1993 年 4 月。
21. 張鳳，〈從「陳柳情緣」看明清婦女詩詞〉，《二十一世紀雙月刊》，1995 年 2 月，頁 68～72。
22. 季羨林，〈陳寅恪先生的愛國主義〉，《柳如是別傳與國學研究——紀念陳寅恪教授學術討論會論文集》（浙江：浙江人民出版社，1995 年 10 月），頁 1～7。
23. 周一良，〈我所了解的陳寅恪先生〉，《柳如是別傳與國學研究——紀念陳寅恪教授學術討論會論文集》（浙江：浙江人民出版社，1995 年 10 月），頁 8～15。
24. 趙令揚，〈陳寅恪先生與民族文化史之研究〉，《柳如是別傳與國學研究——紀念陳寅恪教授學術討論會論文集》（浙江：浙江人民出版社，1995 年 10 月），頁 16～22。

25. 胡守爲，〈《柳如是別傳》讀後〉，《柳如是別傳與國學研究——紀念陳寅恪教授學術討論會論文集》（浙江：浙江人民出版社，1995 年 10 月），頁 23～27。
26. 王永興，〈學習《柳如是別傳》的一點體會——柳如是的民族氣節〉，《柳如是別傳與國學研究——紀念陳寅恪教授學術討論會論文集》（浙江：浙江人民出版社，1995 年 10 月），頁 28～34。
27. 蔡鴻生，〈「頌紅妝」頌〉，《柳如是別傳與國學研究——紀念陳寅恪教授學術討論會論文集》（浙江：浙江人民出版社，1995 年 10 月），頁 35～42。
28. 劉健明，〈《柳如是別傳》的人物評價〉，《柳如是別傳與國學研究——紀念陳寅恪教授學術討論會論文集》（浙江：浙江人民出版社，1995 年 10 月），頁 43～68。
29. 馬楚堅，〈以寅公《柳如是別傳》看河東君與陳子龍之交〉，《柳如是別傳與國學研究——紀念陳寅恪教授學術討論會論文集》（浙江：浙江人民出版社，1995 年 10 月），頁 69～91。
30. 姜伯勤，〈陳寅恪先生與心史研究——讀《柳如是別傳》〉，《柳如是別傳與國學研究——紀念陳寅恪教授學術討論會論文集》（浙江：浙江人民出版社，1995 年 10 月），頁 92～102；《新史學》6 卷 2 期，頁 189～202。
31. 李堅，〈《陳寅恪詩集》中的悲觀主義色彩淺釋〉，《柳如是別傳與國學研究——紀念陳寅恪教授學術討論會論文集》（浙江：浙江人民出版社，1995 年 10 月），頁 103～120。
32. 劉志偉、陳春聲，〈「移情」與史學研究之境界——讀《柳如是別傳》〉，《柳如是別傳與國學研究——紀念陳寅恪教授學術討論會論文集》（浙江：浙江人民出版社，1995 年 10 月），頁 121～127。
33. 卞孝萱，〈讀《柳如是別傳》〉，《柳如是別傳與國學研究——紀念陳寅恪教授學術討論會論文集》（浙江：浙江人民出版社，1995 年 10 月），頁 128～144。
34. 鄧瑞，〈以《柳如是別傳》探研陳老的詩證史〉，《柳如是別傳與國學研究——紀念陳寅恪教授學術討論會論文集》（浙江：浙江人民出版社，1995 年 10 月），頁 145～162。
35. 李玉梅，〈《柳如是別傳》與詮釋學〉，《柳如是別傳與國學研究——紀念陳寅恪教授學術討論會論文集》（浙江：浙江人民出版社，1995 年 10 月），頁 163～179。
36. 李偉濳，〈略論《柳如是別傳》的研究方法〉，《柳如是別傳與國學研究——紀念陳寅恪教授學術討論會論文集》（浙江：浙江人民出版社，1995 年 10 月），頁 180～185。

37. 張榮芳、王川，〈《柳如是別傳》與中國古代姓氏制度〉，《柳如是別傳與國學研究——紀念陳寅恪教授學術討論會論文集》（浙江：浙江人民出版社，1995 年 10 月），頁 186～202。
38. 邱世友，〈陳子龍的詞和他的詞論——讀陳寅恪教授《柳如是別傳》感念而作〉，《柳如是別傳與國學研究——紀念陳寅恪教授學術討論會論文集》（浙江：浙江人民出版社，1995 年 10 月），頁 203～231。
39. 譚世寶，〈錢柳論衡——《柳如是別傳》讀後〉，《柳如是別傳與國學研究——紀念陳寅恪教授學術討論會論文集》（浙江：浙江人民出版社，1995 年 10 月），頁 232～239。
40. 馬亮寬，〈試論陳寅恪與傅斯年思想之異同〉，《柳如是別傳與國學研究——紀念陳寅恪教授學術討論會論文集》（浙江：浙江人民出版社，1995 年 10 月），頁 240～254。
41. 陳樹良，〈紀念陳寅恪教授學術討論會紀要〉，《柳如是別傳與國學研究——紀念陳寅恪教授學術討論會論文集》（浙江：浙江人民出版社，1995 年 10 月），頁 255～259。
42. 江曉原，〈第七章　娼妓業：它的演變與社會功能〉，《性張力下的中國人》（上海：上海人民出版社，1995 年 12 月），頁 215。
43. 謝正光，〈評孫康宜著《陳子龍柳如是詩詞情緣》〉，《當代》，1996 年 1 月，頁 98～117。
44. 李奭學，〈與謝正光先生論書評——讀評孫著《陳子龍柳如是詩詞情緣》有感〉，《當代》第 118 期，1996 年 2 月 1 日，頁 147～151。
45. 孫康宜，〈回應謝正光先生〉，《當代》第 118 期，1996 年 2 月 1 日，頁 145～146。
46. 孫康宜，〈陰性風格或女性意識？——柳是與徐燦的比較〉，《古典與現代的女性闡釋》（臺北：聯合文學，1998 年 4 月），頁 110～133。
47. 劉夢溪，〈厚積薄發淡泊自守——陳寅恪先生學行小記〉，《文匯讀書周報》第 5 版，1996 年 5 月 6 日。
48. 劉夢溪，〈以詩證史．借傳修史．史蘊詩心——陳寅恪撰寫《柳如是別傳》的藝術精神和文化意蘊及文體意義〉，《中國文化》第 3 期，1990 年 12 月，頁 99～111。
49. 劉夢溪，〈增訂版後記〉，《紅樓夢與百年中國》（河北：河北教育出版社，1999 年 1 月），頁 452～461。
50. 劉夢溪，〈「桃花得氣美人中」——虞山訪柳如是墓〉，《文匯讀書周報》第 5 版，2000 年 7 月 1 日。
51. 劉夢溪，〈史學的藝術之境——陳寅恪與《柳如是別傳》〉，《文化的饋贈——漢學國際會議．史學卷》（北京：北京大學出版社，2000 年 8 月），頁 210～212。

52. 劉夢溪，〈「文化中國」解構與重建——陳寅恪《王靜安先生挽詞並序》新釋〉，《中國文化報》第 3 版，2001 年 2 月 14 日。
53. 黃裳，〈西泠訪書記〉，《黃裳書話》（北京：北京出版社，1996 年 10 月），頁 301～306。
54. 黃裳，〈關於柳如是〉，《黃裳散文》（浙江：浙江文藝出版社，1998 年 5 月），頁 223～249。
55. 黃裳，〈錢柳的遺跡〉，《黃裳散文》（浙江：浙江文藝出版社，1998 年 5 月），頁 250～257。
56. 黃裳，〈絳雲書卷美人圖〉，《金陵五紀》（南京：江蘇古籍出版社，2001 年 1 月），頁 33～34。
57. 黃裳，〈柳如是〉，《金陵五紀》（南京：江蘇古籍出版社，2001 年 1 月），頁 34～46。
58. 胡曉明，〈關於《柳如是別傳》的撰述主旨與思想寓意〉，《文藝理論研究》，1997 年 3 月，頁 25～31。
59. 季羡林、周一良、趙令揚，〈解讀陳寅恪學術發展的內在邏輯〉，《柳如是別傳與國學研究——紀念陳寅恪教授學術討論會論文集》，錢江《明報月刊》，1997 年 3 月。
60. 雷戈，〈論《柳如是別傳》在陳寅恪學術史上的地位與價值〉，《學術論壇》，1997 年 4 月，頁 73～78。
61. 雷戈，〈論《柳如是別傳》在陳寅恪生命史上的創始意義〉，《松遼學刊》（社會科腁版），第 2 期，總第 77 期，1997 年，頁 1～9。
62. 雷戈，〈試論《柳如是別傳》的醒世作用〉，《安徽史學》第 3 期，1998 年，頁 70～77。
63. 孫郁，〈「遺民」陳寅恪〉，《當代作家評論》，1997 年第 4 期，頁 70～79。
64. 陳遼，〈聽唱新翻楊柳枝——讀《柳如是新傳》〉，《學海》，1998 年 1 月，頁 106～108。
65. 卞敏，〈柳如是是秦淮妓嗎？〉，《南京史志》，1998 年 3 月，頁 11～12。
66. 劉燕遠，〈重發清輝的一顆明珠——簡評《柳如是詩文集》〉，《國家圖書館學刊》，1998 年 3 月，頁 123～128。
67. 嚴中，〈薛寶釵與柳如是〉，《紅樓夢學刊》，1998 年第 4 輯，頁 216～217。
68. 劉克敏，〈陳寅恪的「紅妝」研究與《紅樓夢》〉，《文史哲》1998 年第 5 期，頁 33～39。
69. 于傳勤，〈《柳如是別傳》淺識〉，《聊城師範學院學報》哲學社會科學版，第 2 期，1998 年，頁 88～96。
70. 周月亮，〈愛的境界是一種淡淡的憂傷——讀柳如是的《金明池・詠寒柳》〉，《名作欣賞》，1998 年第 3 期，頁 68～70。

71. 李栩鈺，〈陳寅恪之「別傳」體由來新探〉，《嶺東學報》第 10 期，1999 年 2 月，頁 261～277。
72. 李栩鈺 2004.5.1，〈詞人爭弔柳枝娘（柳如是 1618～1664）——以隨園女弟子、碧城仙館女眷、南社爲中心〉，「第一屆明清文學與思想學術研討會」（嘉義：南華大學文學系）。
73. 李栩鈺，2005.6，〈摩挲不厭晴窗對、似結三生未了因——柳如是小像文物析論〉《嶺東學報》17（臺中：嶺東技術學院），頁 167～198，ISSN：1811-1912。
74. 李栩鈺，2005.12，〈題詠柳如是（1618～1664）之詩詞評述〉《嶺東學報》18（臺中：嶺東科技大學），頁 207～231，ISSN：1811-1912。
75. 李栩鈺，2007.08，〈青樓女子紅樓夢——實者虛之的柳如是〉，《嶺東通識教育研究學刊》2:2（臺中：嶺東科技大學），頁 65～98，ISSN：1811-4105。
76. 李栩鈺，2007.10.20～22，〈從當代小說探析清代紅顏柳如是之傳播與接受〉，「跨學科視野下的文化身份認同國際學術研討會」，南京大學人文社會科學高級研究院、臺灣大學人文社會高等研究院、香港中文大學人文學科研究所。
77. 李栩鈺，2010.11，〈「柳如是」相關影劇新編的三種徑路探討〉《中國語文學刊》3（臺中：社團法人臺中市國語文研究學會），頁 98～104，ISSN：2072-1021。
78. 李栩鈺，2011.11，〈從當代小說探析清代紅顏柳如是之傳播與接受〉《中國語文學刊》4（臺中：社團法人臺中市國語文研究學會），頁 79～93，ISSN：2072～1021。
79. 李栩鈺，2013.8.25～26，〈一代紅妝照汗青——秦淮風月與青樓書寫〉，「中國明代文學學會（籌）第九屆年會暨 2013 年明代文學國際學術研討會」（上海：復旦大學）。
80. 李栩鈺，2014.5.23～24，〈姹紫嫣紅開遍——《柳如是》電影中的崑曲運用與設計〉，「第一屆漢文化學術研討會」（臺中：靜宜大學）。
81. 李栩鈺，2018.9.29，〈小說・漢劇・電視・電影—— 論《白門柳》的傳播〉，「BOOK 思藝：2018 科技・設計・經典學術研討會」（臺中：臺中市紅樓西廂創藝學會 嶺東科技大學公共環境美學涵養社群）
82. 周郢，〈陳寅恪《柳如是別傳》中蔡士英事新證〉，《泰安師專學報》，1999 年第 1 期，頁 42～45。
83. 賀超，〈論柳如是詩詞中獨特的精神內涵〉，《贛南師範學院學報》第 2 期，1999 年，頁 58～63。
84. 賀超，〈柳如是詩詞創作視角論〉，《贛南師範學院學報》第 1 期，2001 年 2 月，頁 25～28。

85. 賀超，〈論柳如是詩詞創作的女性心理〉，《贛南師範學院學報》，2992 年 8 月第 4 期，頁 58～60。

86. 賀超，〈論柳如是詩詞的女性特質〉，《江西社會科學》，2003 年 12 月，頁 100～101。

87. 賀超，〈論柳如是詩詞的美學價值〉，《江西社會科學》，2004 年 4 月，頁 96～99。

88. 賀超，〈論柳如是的詠柳詩〉，《齊齊哈爾大學學報》，2004 年 5 月，頁 54～56。

89. 劉廣定，〈陳寅恪與「紅樓夢」（悼念陳寅恪先生（1890～1969）逝世三十年）〉，《國立中央大學人文學報》19 期，1999 年 6 月，頁 69～84。

90. 龔鵬程，〈英雄與美人——晚明與晚清文化景觀再探〉，《中國文哲研究通訊》第 9 卷第 4 期，1999 年 12 月，頁 63～75。

91. 郭漢城、陳慧敏，〈李仙花及《蝴蝶夢》、《柳如是》〉，《中國戲劇》，2000 年 4 月，總 515 期，頁 31～33。

92. 齊致翔，〈堅守與超越——在《柳如是》的情愛世界裡徜徉〉，《中國戲劇》，2000 年 4 月，總 515 期，頁 33～35。

93. 藍空，〈章臺女兒唱大風——看李仙花演《柳如是》〉，《戲曲藝術》，2000 年第 2 期，頁 91～92。

94. 陶詠白、李湜，〈青樓文化觀照中的女性繪畫——寄情山水的柳如是、范玨〉，《失落的歷史——中國女性繪畫史》（湖南：湖南美術出版社，2000 年 6 月），頁 44～47。

95. 鄧紅梅，〈花影迷離的清代前期詞壇：明季殘紅與清初新蕾——柳是〉，《女性詞史》（山東：山東教育出版社，2000 年 7 月），頁 234～238。

96. 李怡，〈大師風範，光耀千古——再議《柳如是別傳》的創作動機〉，《北京理工大學學報》，第 2 卷第 3 期，2000 年 8 月，頁 33～36。

97. 卞孝萱，〈桃花扇傳奇與柳如是別傳〉，《文學遺產》，2000 年第 6 期，頁 85～94。

98. 卞孝萱，〈以詩證史的典範——《柳如是別傳》〉，《南通大學學報》第 21 卷第 1 期，2005 年 3 月，頁 67～77。

99. 孫萍，〈讀《柳如是別傳》〉，《讀書》，2001 年 12 期，頁 109～113。

100. 山谷，〈常熟的遺忘〉，收入林石選編，《虞美人——女性的古典》（廣東：花城出版社，2001 年 3 月 2 刷），頁 143～152。

101. 王學仲，〈金陵才女們的挽歌〉，收入林石選編，《虞美人——女性的古典》（廣東：花城出版社，2001 年 3 月 2 刷），頁 153～156。

102. 唐毓麗，〈文體、性別、權威：從《戊寅草》探究柳如是的書寫策略〉，2004 年 7 月，《東海大學中文學報》第 16 期，頁 230～261。

103. 郝潤華，〈柳如是與晚明才女群〉，《婦女與道德傳統》（江蘇：古籍出版社，2002 年 4 月），頁 97～102。

104. 鯤西，〈初刊本《柳如是別傳》出版紀實〉，《清華園感舊錄》（上海：上海古籍出版社，2002 年 6 月），頁 110～119。

105. 陸蓉之，〈社交名媛身份的女性藝術家〉，《臺灣（當代）女性藝術史》（臺北：藝術家出版社，2002 年 6 月），頁 29～32。

106. 朱則杰，〈錢謙益柳如是叢考〉，《浙江大學學報》，第 32 卷第 5 期，2002 年 9 月，頁 13～18。

107. 劉勇剛，〈「艷過六期，情深班蔡」——《柳如是尺牘》〉，《陝西廣播電視大學學報》第 4 卷第 4 期，2002 年 12 月，頁 52～53。

108. 劉勇剛，〈試論柳如是詩歌的情感與意象〉，《西安電子科技大學學報》第 13 卷第 3 期，2003 年 9 月，頁 87～92。

109. 劉勇剛，〈感傷・自戀・憧憬——說柳如是《金明池・詠寒柳》詞一首〉，《古典今讀》，2006 年 2 月，頁 69～72。

110. 劉勇剛，〈從雲間到虞山——論柳如是的詩學嬗變〉，《浙江大學學報》第 34 卷第 5 期，2004 年 9 月，頁 135～141。

111. 余其彥，〈《柳如是別傳》心理分析淺談〉，《江淮論壇》，2002 年第 6 期，頁 84～88。

112. 吳儀，〈李清照與柳如是：離亂時代成長起來的女詩人〉，《江漢大學學報》第 21 卷第 6 期，2002 年 12 月，頁 50～53。

113. 王本道，〈柳如是詩文創作與民族精神漫議〉，2003 年 11 月 1～2 日，佛光人文社會學院：兩岸女性文學發展學術研討會。

114. 錢仲聯、嚴明，〈錢謙益詩中的棋喻〉，2003 年 12 月 8 日，中研院文哲所：錢謙益詩文研討會。《文哲研究通訊》第 14 卷第 2 期（總 54 期），頁 63～91。

115. 裴世俊，〈論錢謙益詩歌藝術特色及影響〉，2003 年 12 月 8 日（臺北：中研院文哲所：錢謙益詩文研討會）。

116. 鄭毓瑜，〈採蓮女與男洛神——陳子龍、柳如是擬古賦與六朝流風〉，《廖蔚卿教授八十壽慶論文集》（臺北：里仁書局，2003 年 2 月），頁 215～256。

117. 胡邦煒，〈陳寅恪與《柳如是別傳》〉，《文史雜誌》，2003 年第 3 期，頁 36～39。

118. 趙銳，〈尋訪柳如是〉，《江蘇地方志》，2003 年第 5 期，頁 32～34。

119. 毛文芳，〈閱讀柳如是畫像：儒服、粧影與道裝〉（香港大學、江蘇師範大學：陳寅恪與中國文化學術研討會，2004 年 1 月 28 日）。

120. 毛文芳，〈細讀與嘲謔——《柳如是別傳》讀後偶記〉，《人文學報》第30期（桃園：國立中央大學文學院，2006年12月），頁263～313。

121. 郭皓政，〈論人學與文學上的柳如是〉，《山東行政學院山東省經濟管理幹部學院學報》第2期（總第60期），2004年3月，頁106～107。

122. 唐韌，〈狂女子柳如是——讀陳寅恪《柳如是別傳》〉，《名作回眸》，2004年8月，頁75～81。

123. 張永葳，〈論柳如是詩詞中的楊柳意象〉，《中國文學研究》第2期（總第73期），2004年，頁104～106。

124. 傅璇琮，〈奇文共賞疑義相析——《柳如是別傳》怎樣讀〉，《唐宋文史論叢及其他》（鄭州：大象出版社，2004年10月）。

125. 王敏、尚繼武，〈女中雙秀勝鬚眉才情辭采驚天人——從柳如是、吳藻文學創作看明清女性意識〉，《湖南科技學院學報》第26卷第2期，2005年2月，頁146～149。

126. 許廣民，〈論柳如是詩詞的人格魅力〉，《江蘇廣播電視大學學報》116期，2005年2月，頁59～62。

127. 張璐，〈女性性別覺醒的痛苦——柳如是詩詞中的自我形象〉，《湘潭大學學報》116期，2005年5月，頁20～22。

128. 李聖華，〈黃甫及生平事蹟考辯——對陳寅恪《柳如是別傳》一則重要考證的補證〉，《北方論叢》總192期，2005年第4期，頁4～8。

129. 朱麗霞、羅時進，〈論宋徵輿與柳如是的情緣〉，《瀋陽師範大學學報》第29卷，2005年第4期（總第130期），頁34～38。

130. 張健，〈情與忠：詩體與詞體中的變奏——讀孫康宜教授《陳子龍柳如是詩詞情緣》〉，《北京大學學報》第42卷第4期，2005年7月，頁151～154。

131. 王宏任，〈柳如是情結〉，《文史雜詠》，2005年第6期，頁12～14。

132. 陳建華，〈從「以詩證史」到「以史證詩」——讀陳寅恪《柳如是別傳》札記〉，《復旦學報》，2005年第6期，頁74～82。

133. 孫賽珠，〈柳如是唱和詩析論〉，南京大學、臺灣中央大學、香港中文大學「首屆兩岸三地人文社會科學論壇」，南京大學人文社會科學高級研究院、南京大學中國語言文學系：「中國文學與文化的傳統及變革」學術研討會，2006年10月14～16日。後收於周憲、徐興無編《中國文學與文化的傳統與變革》（南京：南京大學出版社，2008年），頁53～67。

134. 王怡，〈身體的公共性到思想的公共性〉，錄自 http://www.pen143.net

135. 方蓮華，〈「梅」與「柳」的對話：錢謙益、柳如是在《東山詶和集》中之再現〉《清華中文學報》第三期，2009年9月，頁43～70。

<table>
<tr><th></th><th>谷輝之</th><th>周法高</th><th>陳寅恪</th><th>康來新</th><th>范景中、周書田</th><th>累計</th></tr>
<tr><td>傳記</td><td>69 則</td><td>13 人 47 則</td><td>八十萬字</td><td>文石題跋 1 則</td><td>上編四卷（傳記）</td><td>143 人 212 則</td></tr>
<tr><td>題詠</td><td>180 首</td><td>17 人 87 首</td><td>17 首</td><td>17 人 41 首</td><td>下編四卷（題詠：小像、鏡、印、筆筒、硯、畫、玉盃、墓、山莊）</td><td>258 人 771 首</td></tr>
<tr><td>小說十二種</td><td colspan="6">1. 陸拂明，《蘭舟戀：秦淮八艷之一柳如是》，江蘇：江蘇文藝出版社，1987 年 11 月。
2. 石楠，《寒柳——柳如是傳》，北京：人民文學出版社，1988 年。
3. 宋詞，《亂世名姬・柳如是》，浙江：浙江文藝出版社，1996 年 10 月。
4. 彭麗君，《柳如是——中國第一名姬》，南海出版社，1997 年 1 月。
5. 卞敏，《柳如是新傳》，浙江：浙江人民出版社，1997 年 12 月。
6. 劉敬堂、胡良濤，《風塵奇女・柳如是》，臺北：漢欣文化，1996 年 5 月；廣東：花城出版社，1998 年 8 月。
7. 聽雨閣主，《秦淮翹楚柳如是》，北京：民主與建設出版社，1999 年 7 月。
8. 杜紅，《女中丈夫柳如是》，臺北：花田文化，1999 年 12 月。
9. 禾青，《柳如是》，北京：新華出版社，2001 年 1 月。
10. 文鴻、李君，《獨立寒塘柳——柳如是傳》，石家莊：花山文藝出版社，2001 年 1 月。
11. 蔣麗萍，《柳葉悲懷——柳如是傳》，上海：上海古籍出版社，2001 年 1 月。
12. 劉斯奮，《白門柳》，長江文藝出版社，2009 年 7 月、南方家園出版社，2016 年電子書。</td></tr>
<tr><td>戲曲劇本五種</td><td colspan="6">1.〈柳如是之荷池殉節〉、〈柳如是之史可法盡忠〉、〈柳如是之自憐身世〉，《六大名班曲本・人壽年》（廣州：華興書局。（藏於傅斯年圖書館善本室俗曲）
2. 小留香館主編，〈慧生新劇柳如是／小留香館〉、〈柳如是曲詞〉，《戲劇月刊》第 8 期，上海：大東書局，1929 年，頁 1～4。（藏於傅斯年圖書館善本室俗曲）
3. 羅懷臻、紀乃咸，〈新編歷史傳奇——風月秦淮〉，《西施歸越——羅懷臻探索戲曲集》，上海：學林出版社，1990 年 7 月，頁 170～223。
4. 牛釗，〈香君小宴〉，《新潮昆曲四種》，南京：江蘇文藝出版社，2001 年 5 月，頁 1～64。
5. 羅懷臻，〈柳如是〉，《九十年代——羅懷臻劇作選》，上海：上海社會科學院出版社，2002 年 6 月，頁 203～247。</td></tr>
</table>

影視戲劇十種	1. 越劇〈風月秦淮〉（1991 年上海越劇院首演，羅懷臻編劇，張森興導演，章瑞虹、方亞芬主演） 2. 越劇電視劇〈秦淮煙雲〉（1991 年上海及大陸中央電視臺合拍，羅懷臻、紀乃咸、沙仁編劇，張嶺華、沙如榮導演，單仰萍主演柳如是，史濟華主演錢謙益） 3. 新編漢劇〈柳如是〉（1999 年廣東省漢劇院演出，羅懷臻編劇，導演韓林根、李仙花，李仙花主演柳如是，張廣武主演錢謙益） 4.〈歷代名妓——悲落葉之柳如是〉（2000 年 5 月臺北演出，成大國際影視事業，邱木棋導演，張婉妮編劇，瑩淇主演柳如是） 5. 電視劇〈夢繫秦淮多爾袞〉（2002 年深圳電視臺，原片名爲〈魂斷秦淮〉，邵玉清編劇，朱建新、張子恩、周小兵導演，馬千姍主演柳如是、李鳴主演錢謙益、陳道明主演多爾袞） 6. 電視劇〈桃花扇傳奇〉（2002 年衛視中文臺，王琛、陳軼超、王海洲編劇，高翊竣、李翰滔、白煒輝導演，李凌凌飾柳如是、趙敏捷主演錢謙益） 7. 廣東漢劇《白門柳》（2004 年 6 月 10～16 日在北京保利劇院連演七場，王延松導演，韓再芬飾演柳如是，杜源飾演錢謙益） 8. 電視劇〈秦淮悲歌〉（2007 年廣東電視臺攝製，蔚江編劇，根據劉斯奮原著，茅盾文學獎一等獎《白門柳》改編，王進導演，伊能靜飾演柳如是，巍子飾演錢謙益） 9. 廣東漢劇數字電影「白門柳」2015 年 10 月蘇州木瀆古鎮正式開拍 10. 電影〈柳如是〉二〇一二年由中央新聞記錄電影製片廠與常熟市政府聯合出品，吳琦執導。萬茜飾演柳如是，秦漢飾演錢謙益，馮紹峰飾演陳子龍。

參考書目

壹、傳統文獻

1. 〔明〕田藝衡編，《詩女史》，明嘉靖二十六年刊本（臺北：國家圖書館藏）。
2. 〔明〕鍾惺編（？），《名媛詩歸》明末景陵鍾氏刊本（臺北：國家圖書館藏）。
3. 〔明〕鄭文昂編，《名媛彙詩》，明泰昌元年刊本（臺北：國家圖書館藏）。
4. 〔明〕陳子龍著，施蟄存、馬祖熙標校，《陳子龍詩集》（上海：古籍出版社）。
5. 〔明〕袁中道，《珂雪齋集》，錢伯城點校，《珂雪齋集》（上海：古籍出版社）。
6. 〔清〕王端淑評選，《名媛詩緯初編》，清康熙間清音堂刊本（臺北：國家圖書館藏）。
7. 〔清〕張景祈等撰，葉衍蘭繪圖，《秦淮八艷圖詠》，光緒十八年羊城越華講院刊本。
8. 〔清〕錢謙益，《牧齋有學集》（上海：上海商務印書館縮印康熙甲辰初刻本）
9. 〔清〕沈善寶，《名媛詩話》（杜松柏主編《清詩話訪佚初編》（臺北：新文豐出版公司 1987 年）。
10. 〔清〕徐復祚，姜智校點，《紅梨記》（北京：中華書局，1988 年 11 月）。
11. 〔清〕余淡心、珠泉居水等撰，《秦淮香豔叢書》（臺北：廣文書局，1991 年 7 月影印出版）。
12. 〔清〕《香豔叢書》（上海：上海書店，1991 年 8 月影印出版）。有關秦淮史料：

冒襄，《影梅庵憶語》，第二冊。

余懷，《板橋雜記》，第七冊。

陳維崧，《婦人集》，第二冊。

湯漱玉輯，《玉臺畫史》，第五冊。

厲顎輯，《玉臺書史》，第三冊。

珠泉居士，《續板橋雜記》，第九冊。

車秋舲（捧花生），《秦淮畫舫錄》，第七冊。

車秋舲（捧花生），《畫舫餘談》，第九冊。

許豫，《白門新柳記》，第九冊。

許豫，《白門衰柳附記》，第九冊。

王韜，《花國劇談》，第十冊。

13. 〔清〕葛昌楣，《蘼蕪紀聞》，《叢書集成續編》第 39 冊（上海：上海書店，1994 年）。
14. 〔清〕余懷，《板橋雜記》，收於王文濡編《香豔叢書精選本》（湖南：嶽麓書社，1994 年 11 月）。
15. 陸林主編，王星綺、曹選觀選注，《清代筆記小說類編・煙粉卷》（安徽：黃山書社，1994 年 6 月 1 版，1998 年 1 月 2 刷）。
16. 〔清〕湯漱玉輯，《玉臺畫史》，道光間汪氏振綺堂刊本。
17. 〔清〕袁于令，李復波校點，《西樓記》（北京：中華書局，1988 年 11 月）。
18. 〔清〕方濬師，《蕉軒隨錄・續續》，盛冬鈴點校（北京：中華書局，1995 年 2 月 1 版，1999 年 12 月 2 刷）。
19. 〔清〕孔尚任著，俞爲民校註，《桃花扇》（臺北市：華正書局，1994 年 9 月，初版）。
20. 李夢生編選，史良昭等注評，《元明清詩三百首：圖文本》（上海：上海古籍出版社，2001 年 12 月 1 版，2002 年 6 月 2 刷）。
21. 錢仲聯等，《名家品詩坊・元明清詞》（上海：上海辭書出版社，2004 年 4 月）。

貳、近人論著

女性文學、女性論述

1. 梁乙眞，《中國婦女文學史綱》（上海：上海書店，1990 年 12 月，本書據開明書店 1932 年版影印）。
2. 蘇之德，《中國婦女文學史話》（香港：上海書局，1963 年 11 月）。

3. 喬柏蔭編，《歷代女詩詞選》（臺北：當代圖書社，1971 年）。
4. 陶秋英，《中國婦女與文學》（臺中：藍燈出版社，1975 年 1 月）。
5. 張弓長，《妓女與文學》（臺北：常春樹書坊，1975 年 12 月）。
6. 張弓長，《中國歷代的妓女與詩文》（臺北：常春樹書坊，2000 年 9 月）。
7. 譚正璧，《中國女性的文學生活》（臺北：河洛圖書出版社，1977 年 4 月）。
8. 周壽昌輯，《歷代宮闈文選》（臺北：廣文書局，1979 年 5 月）。
9. 謝無量，《中國婦女文學史》（臺北：中華書局，1979 年 8 月）。
10. 《當代》第五期（女性主義專輯），1986 年 9 月。
11. 《中外文學》第十四卷第十期（女性主義文學專號），1986 年 3 月 1 日。
12. 《聯合文學》第十七期（女性與文學專輯），1986 年 3 月。
13. 英文《中國婦女》編著，《古今著名婦女人物》（河北：河北人民出版社，1986 年 10 月 1 版 1 刷）。
14. 〔日〕山川麗著，高大倫、范勇譯，《中國女性史》（西安：三秦出版社，1987 年 7 月）。
15. 李小江，《夏娃的探索——婦女研究論稿》（河南：人民出版社，1988 年 5 月）。
16. 李小江、朱虹、董秀玉主編，《性別與中國》（北京：生活・讀書・新知三聯出版社，1994 年 6 月）。
17. 李敏、王福康，《中國婦女學》（江西：江西人民出版社，1989 年 6 月）。
18. 《中外文學》第十八卷第一期（文學的女性／女性的文學），1989 年 6 月。
19. 胡文楷，《歷代婦女著作考》（上海：上海古籍出版社，1989 年 7 月）。
20. 孟悅、載錦華，《浮出歷史地表——現代婦女文學研究》（河南：河南人民出版社，1989 年 7 月）。
21. 王書奴，《中國娼妓史》（上海：三聯書店，1989 年重印）。
22. 東郭先生，《妓家風月》（山西：北岳文藝出版社，1990 年 1 月）。
23. 陳東原，《中國婦女生活史》（臺北：臺灣商務印書館，1937 年 5 月；上海：上海文藝出版社，1990 年 6 月）（據上海商務印書館 1928 年 1 月初版影印）。
24. 黃忠海，《女性人才學概論》（吉林：北方婦女兒童出版社，1987 年 11 月）。
25. 杜芳琴，《女性觀念的衍變》（河南：人民出版社，1988 年 10 月）。
26. 杜芳琴主編，《發現婦女的歷史——中國婦女史論集》（天津：社會科學院出版社，1996 年 3 月）。

27. 鮑家麟編著，《中國婦女史論集》（臺北：稻鄉出版社，1988 年）。
28. 鮑家麟編著，《中國婦女史論集・續集》（臺北：稻鄉出版社，1991 年 4 月）。
29. 鮑家麟編著，《中國婦女史論集・三集》（臺北：稻鄉出版社，1992 年）。
30. 鮑家麟編著，《中國婦女史論集・四集》（臺北：稻鄉出版社，1995 年 10 月）。
31. 〔英〕瑪麗・伊格爾頓編，胡敏、陳彩霞、林樹明譯，《女權主義文學理論》（湖南：文藝出版社，1989 年 2 月）。
32. 《中外文學》第十七卷第十期（女性主義／女性意識專號），1989 年 3 月。
33. 武舟，《中國妓女生活史》（湖南：湖南文藝出版社，1990 年 8 月）。
34. 康正果，《風騷與豔情——中國古代詩詞的女性研究》（臺北：雲龍出版社，1991 年 2 月）。
35. 康正果，《女權主義與文學》（北京：中國社會科學出版社，1994 年 2 月）。
36. 康正果，《重審風月鑑——性與中國古典文學》（臺北：麥田文化出版社，1996 年）。
37. 王緋，《女性與閱讀期待》（陝西：人民教育出版社，1991 年 6 月）。
38. 劉士聖，《中國古代婦女史》（山東：青島出版社，1991 年 6 月）。
39. 孔繁華，《金瓶梅的女性世界》（河南：中州古籍出版社，1991 年 8 月）。
40. 高洪興、徐錦鈞、張強編，《婦女風俗考》（上海：上海文藝出版社，1991 年 10 月）。
41. 范揚，《陽剛的隳沉》（臺北：臺北雲龍出版社，1991 年）。
42. 〔美〕Gulik,r.h.van 著，李零等譯，《中國古代房內考——中國古代的性與社會》（臺北：臺北桂冠圖書公司，1991 年）。
43. 郭錦桴，《中國女性禁忌》（河北：河北人民出版社，1991 年）。
44. 曹正文，《女性文學與文學女性》（上海：上海書店，1991 年）。
45. 張京媛主編，《當代女性主義文學批評》（北京：北京大學出版社，1992 年 1 月）。
46. 〔美〕孫康宜著，李奭學譯，《陳子龍柳如是詩詞情懷》（臺北：允晨文化，1992 年 2 月）。
47. 〔美〕孫康宜著，謝樹寬譯，《古典與現代的女性詮釋》（臺北：聯合文學，1998 年）。
48. 〔美〕孫康宜，《耶魯・性別與文化》（臺北：爾雅出版社，2000 年 3 月 2 印）。
49. 〔美〕孫康宜，《文學的聲音》（臺北：三民書局，2001 年 10 月）。

50. 〔美〕孫康宜著，李奭學譯，《詞與文類研究》（北京：北京大學出版社，2004 年 9 月）。
51. 〔挪威〕陶麗・莫依著，林建法、趙拓譯，《性與文本的政治——女性主義文學理論》（吉林：時代文藝出版社，1992 年 7 月）。
52. 嚴明，《中國名妓藝術史》（臺北：文津，1992 年 8 月）。
53. 佚名編，《古今閨媛逸事》（北京：燕山出版社，1992 年 10 月）。
54. 川上子，《中國樂伎》（上海：上海音樂出版社，1993 年 1 月）。
55. 《中外文學》第二十一卷第九期（法國女性主義專輯），1993 年 2 月。
56. 陶慕寧，《金瓶梅中的青樓與妓女》（北京：文化藝術出版社，1993 年 3 月）。
57. 陶慕寧，《青樓文學與中國文化》（北京：東方出版社，1993 年 7 月）。
58. 雷良波、陳陽鳳、熊賢君，《中國女子教育史》（武漢：武漢出版社，1993 年 5 月）。
59. 趙鳳喈，《中國婦女在法律上之地位》（臺北：稻鄉出版社，1993 年 5 月）。
60. 趙元信、何錫蓉，《中國歷史女性悲劇大觀》（安徽：人民出版社，1993 年 6 月）。
61. 修君、鑒今著，《中國樂妓史》（北京：中國文聯出版公司，1993 年 9 月）。
62. 喬以綱，《中國女性的文學世界》（湖北：教育出版社，1993 年 10 月）。
63. 張明葉，《中國古代婦女文學簡史》（遼寧：教育出版社，1993 年 11 月）。
64. 《中外文學》第二十二卷第六期（女性主義重閱古典文學專輯），1993 年 11 月。
65. 熊郁主編，《面對 21 世紀的選擇——當代婦女研究最新理論概覽》（天津：人民出版社，1993 年 11 月）。
66. 吳龍輝主編，劉柳、欒融譯注，《花底拾遺——女性生活藝術經典》（北京：中國社會出版社，1993 年 12 月）。
67. 劉達臨，《中國古代性文化》（銀川：寧夏人民出版社，1993 年）。
68. 劉鳳喈著，鮑家麟編，《中國婦女在法律上之地位》（臺北：臺北稻香出版社，1993 年）。
69. 張小虹，《後現代／女人：權力、慾望與性別表演》（臺北：時報文化出版社，1993 年）。
70. 張小虹，《性別越界：女性主義文學理論與批評》（臺北：聯合文學，1995 年 3 月）。
71. 張小虹，《自戀女人》（臺北：聯合文學出版社，1996 年 10 月）。
72. 張小虹，《慾望新地圖》（臺北：臺北聯合文學出版社，1996 年）。
73. 徐天嘯，《神州女子新史正續篇》（臺北：稻鄉出版社，1993 年）。

74. 劉詠聰，《女性與歷史——中國傳統觀念新探》（香港：香港教育圖書公司，1993 年）。
75. 劉詠聰，《德・才・色・權：論中國古代女性》（臺北：麥田出版社，1998 年）。
76. 洪鈞主編，《青樓・罪惡之花》（北京：中國戲劇出版社，1994 年 1 月）。
77. 《中外文學》第二十二卷第十期（精神分析與性別建構專輯），1994 年 3 月。
78. 蘇冰、魏林，《中國婚姻史》（臺北：文津出版社，1994 年 4 月）。
79. 劉康德，《陰性文化》（上海：人民出版社，1994 年 4 月）。
80. 《明清婦女與文學》專輯，《九州學刊》第 6 卷第 2 期，1994 年 7 月。
81. 儀平策，《美學與兩性文化》（遼寧：遼寧春風文藝出版社，1994 年）。
82. 韋溪、張萇著，《中國古代婦女禁忌禮俗》（陝西：人民出版社，1994 年 6 月）。
83. 羅時進，《中國婦女生活風俗》（陝西：人民出版社，1994 年 6 月）。
84. 呂昆、李平、致平編譯，《百妓傳奇》（遼寧：遼寧人民出版社，1994 年 9 月）。
85. 黃嫣梨，《中國文化與婦女》（香港：香港教育圖書公司，1994 年）。
86. 黃嫣梨，《妝臺與妝臺以外：中國婦女史研究論集》（香港：牛津大學出版社，1999 年）。
87. 黃嫣梨，《清代四大女詞人——轉型中的清代知識女性》（上海：漢語大詞典出版社，2000 年 12 月）。
88. 黃嫣黎，《月痕休到深深處——徐燦詞注評》（上海：上海古籍出版社，2004 年 7 月）。
89. 海倫・費雪，《愛慾——婚姻、外遇與離婚的自然史》（臺北：時報文化出版公司，1994 年）。
90. 單光鼐，《中國娼妓——過去和現在》（北京：法律出版社，1995 年 2 月）。
91. 王逢振，《女性主義》（臺北：臺北揚智文化公司，1995 年 2 月）。
92. 孔慶東，《青樓文化》（北京：中國經濟出版社，1995 年 3 月）。
93. 劉慧英，《走出男權傳統的樊籬——文學中男權意識的批判》（北京：三聯書店，1995 年 4 月）。
94. 〔美〕Linda Nochlin 著，游惠貞譯，《女性，藝術與權力》（臺北：遠流出版社，1995 年 5 月）。
95. 徐君，《妓女史——探究妓女的歷史習俗及其文化底蘊》（上海：上海文藝出版社，1995 年 7 月）。
96. 林丹婭，《當代中國女性文學史論》（福建：廈門大學出版社，1995 年 8 月）。

97. 杜學元，《中國女子教育通史》（貴陽：貴州教育出版社，1995 年 8 月）。
98. 邢莉，《中國女性民俗文化》（北京：中國檔案出版社，1995 年 8 月）。
99. 余平平，《中外女性文化比較》（上海：華東理工大學出版社，1995 年 9 月）。
100. 《中外文學》第二十四卷第五期（性別與後殖民論述專輯），1995 年 10 月。
101. 周蕾，《婦女與中國現代性：東西方之間閱讀記》（臺北：麥田文化出版公司，1995 年 11 月）。
102. 林樹明，《女性主義文學批評在中國》（貴州：貴州人民出版社，1995 年 12 月）。
103. 王志弘編譯，《性別，身體與文化譯文選》，自印，1995 年。
104. 張妙清等合編，《性別學與婦女研究》（香港：香港中文大學出版社，1995 年）。
105. 鮑曉蘭主編，《西方女性主義研究評介》（北京：北京三聯書店，1995 年）。
106. 閻廣芬，《中國女子與女子教育》（保定：河北大學出版社，1996 年 5 月）。
107. 顧燕翎編，《女性主義思想與流派》（臺北：女書文化事業有限公司，1996 年 9 月）。
108. 文潔華，《性別與創造——女性主義美學及其他》（香港：香港人文科學出版社，1996 年 10 月）。
109. 蕭國亮編，《中國娼妓史》（臺北：文津出版社，1996 年 10 月）。
110. 鄭振偉編，《女性與文學——女性主義文學國際研討會論文集》（香港：嶺南學院現代文學研究中心，1996 年 11 月）。
111. 劍奴，《秦淮粉黛》（福建：福建人民出版社，1996 年 11 月）。
112. 曹大爲，《中國古代女子教育》（北京：北京師範大學出版社，1996 年 12 月）。
113. 〔英〕羅思瑪麗·佟恩（Rosemarie Tong）著，刁筱華譯，《女性主義思潮》（臺北：時報文化出版公司，1996 年）。
114. 〔美〕Jeffrey Hogrefe 著，毛羽譯，《美國女畫家歐姬芙》（臺北：方智出版社，1997 年 2 月）。
115. 〔美〕Pamela Abbott and Claire Wallace 合著，俞智敏、陳光達、陳素梅、張君玫譯，《女性主義觀點的社會學》（臺北：巨流圖書公司，1997 年 2 月）。
116. 李栩鈺，《午夢堂集女性作品研究》（臺北：里仁書局，1997 年 4 月；臺北：花木蘭文化出版社，2012 年 3 月）。
117. 李栩鈺，《不離不棄鴛鴦夢——文學女性與女性文學》（臺北：里仁書局，2007 年 2 月）。
118. 李栩鈺，2018.9.29，〈小說·漢劇·電視·電影——論《白門柳》的傳播〉，「BOOK 思藝：2018 科技·設計·經典學術研討會」（臺中：臺中市紅樓西廂創藝學會 嶺東科技大學公共環境美學涵養社群）

119. 李栩鈺，2014.5.23～24，〈姹紫嫣紅開遍——《柳如是》電影中的崑曲運用與設計〉，「第一屆漢文化學術研討會」（臺中：靜宜大學）。
120. 李栩鈺，2013.8.25～26，〈一代紅妝照汗青——秦淮風月與青樓書寫〉，「中國明代文學學會（籌）第九屆年會暨 2013 年明代文學國際學術研討會」，（上海：復旦大學）。
121. 李栩鈺，2011.11，〈從當代小說探析清代紅顏柳如是之傳播與接受〉《中國語文學刊》4（臺中：社團法人臺中市國語文研究學會），頁 79～93，ISSN：2072～1021。
122. 李栩鈺，2010.11，〈「柳如是」相關影劇新編的三種徑路探討〉《中國語文學刊》3（臺中：社團法人臺中市國語文研究學會），頁 98～104，ISSN：2072-1021。
123. 李栩鈺，2007.10.20～22，〈從當代小說探析清代紅顏柳如是之傳播與接受〉，「跨學科視野下的文化身份認同國際學術研討會」，南京大學人文社會科學高級研究院、臺灣大學人文社會高等研究院、香港中文大學人文學科研究所。
124. 李栩鈺，2007.08，〈青樓女子紅樓夢——實者虛之的柳如是〉，《嶺東通識教育研究學刊》2:2（臺中：嶺東科技大學），頁 65～98，ISSN：1811-4105。
125. 李栩鈺，2005.12，〈題詠柳如是（1618～1664）之詩詞評述〉《嶺東學報》18（臺中：嶺東科技大學），頁 207～231，ISSN：1811-1912。
126. 李栩鈺，2005.6，〈摩挲不厭晴窗對、似結三生未了因——柳如是小像文物析論〉《嶺東學報》17（臺中：嶺東技術學院），頁 167～198，ISSN：1811-1912。
127. 李栩鈺 2004.5.1，〈詞人爭弔柳枝娘（柳如是 1618～1664）——以隨園女弟子、碧城仙館女眷、南社爲中心〉，「第一屆明清文學與思想學術研討會」（嘉義：南華大學文學系）。
128. 李栩鈺，1999.2，〈陳寅恪「別傳」體由來新探〉《嶺東學報》10（臺中：嶺東商專），頁 261～277。
129. 〔美〕Anne Hollander 著，楊慧中、林芳瑜譯，《時裝．性．男女》（臺北：聯合文學，1997 年 6 月）。
130. 任一鳴，《中國女性文學的現代衍進》（香港：青文書屋，1997 年 6 月）。
131. 〔美〕列絲麗．坎尼斯．威斯曼（Leslie Kanes Weisman）著，王志弘、張淑玫、魏慶嘉合譯，《設計的歧視：「男造」環境的女性主義批判》（臺北：巨流圖書公司，1997 年 7 月）。
132. 張妙清、葉漢明、郭佩蘭合編，《性別學與婦女研究——華人世界的探索》（臺北：稻鄉出版社，1997 年 7 月）。
133. 費修珊、勞德瑞著，劉裘蒂譯，《見證的危機：文學歷史與心理分析》（臺北：麥田出版社，1997 年）。

134. 康正果，《交織的邊緣——政治和性別》（臺北：東大圖書，1997 年）。
135. 周汛、高春明，《中國歷代婦女裝飾》（上海：學林出版社，1997 年 10 月 1 版 3 刷）。
136. 鍾慧玲主編，《女性主義與中國文學》（臺北：里仁書局，1997 年）。
137. 鍾慧玲，《清代女詩人研究》（臺北：里仁書局，2000 年 12 月）。
138. 鍾慧玲，《清代女作家專題——吳藻及其相關文學活動研究》（臺北：樂學書局，2001 年 9 月）。
139. 洪淑苓、鄭毓瑜、蔡瑜、梅家玲、陳翠英、康韻梅，《古典文學與性別研究》（臺北：里仁書局，1997 年）。
140. 朱子彥，《後宮制度研究》（上海：華東師範大學出版社，1998 年 1 月）。
141. 王政、杜芳琴編譯，《社會性別研究選譯》（北京：三聯書店，1998 年 8 月）。
142. 〔美〕Patricia Ticineto Clought 著，夏傳位譯，《女性主義思想：欲望、權力及學術論述》（臺北：巨流圖書公司，1998 年 10 月）。
143. 〔美〕Rosalind Milies 著，刁筱華譯，《女人的世界史》（臺北：麥田出版社，1998 年 12 月）。
144. 張岩冰，《女權主義文論》（濟南：山東教育出版社，1998 年）。
145. 葉舒憲編，《性別詩學》（北京：社會科學文獻出版社，1998 年）。
146. 費絲言，《由典範到規範：從明代貞節烈女的辨識與流傳看貞節觀念的嚴格化》（臺北：臺大文史叢刊出版委員會，1998 年）。
147. 〔美〕凱特・米利特（Kate Millett）著，鍾良明譯，《性的政治》（北京：社會科學文獻出版社，1999 年 1 月）。
148. 〔法〕米歇爾・福柯（Michel Foucault）著、姬旭升譯，《性史》（青海：青海人民出版社，1999 年 1 月）。
149. 邱旭玲，《臺灣藝妲風華》（臺北：玉山社，1999 年 4 月）。
150. 嚴明、樊琪，《中國女性文學的傳統》（臺北：洪業文化，1999 年 6 月）。
151. 盛英，《中國女性文學新探》（北京：中國文聯出版社，1999 年 9 月）。
152. 淡江大學中國文學系主編，《中國女性書寫——國際學術研討會論文集》（臺北：學生書局，1999 年 9 月）。
153. 顧燕翎、鄭至慧主編，《女性主義經典》（臺北：女書文化事業有限公司，1999 年 10 月）。
154. 顧燕翎、鄭至慧主編，《女性主義經典——十八世紀歐洲啓蒙，二十世紀本土反思》（臺北：女書文化事業，2000 年 2 月）。
155. 劉寧元主編，《中國女性史類編》（北京：北京師範大學出版社，1999 年 11 月）。

156. 陳曉蘭，《女性主義批評與文學批評》（甘肅：敦煌文藝出版社，1999 年 12 月）。
157. 田雯，《女性藝術——女性主義作爲方式》（吉林：吉林美術出版社，1999 年 5 月 1 版，2000 年 3 月）。
158. 吳燕娜編著，《中國婦女與文學論文集》（臺北：稻鄉出版社，1999 年）。
159. 蕭巍，《女性主義關懷倫理學》（北京：北京出版社，1999 年）。
160. 王雅各主編，《性屬關係（上、下）》（臺北：臺北心理出版社，1999 年）。
161. 劉人鵬，《近代中國女權論述——國族、翻譯與性別政治》（臺北：學生書局，2000 年 2 月）。
162. 吳光正，《女性與宗教信仰》（瀋陽：遼寧畫報出版社，2000 年 2 月）。
163. 裘伊・瑪姬西絲（Joy Magezis）著，何穎怡譯，《女性研究自學讀本》（臺北：女書文化事業有限公司，2000 年 3 月）。
164. 馬元曦主編，《社會性別與發展譯文集》（北京：生活・讀書・新知，三聯書店，2000 年 3 月）。
165. 陶詠白、李湜，《失落的歷史——中國女性繪畫史》（湖南：湖南美術出版社，2000 年 6 月）。
166. 鄧紅梅，《女性詞史》（山東：山東教育出版社，2000 年 7 月）。
167. 鄧紅梅，《閨中吟——傳統女性的精神自畫像》（石家莊：河北人民出版社，2001 年 8 月）。
168. 林幸謙，《歷史、女性與性別政治——重讀張愛玲》（臺北：麥田出版社，2000 年 7 月）。
169. 李小江、朱虹、董秀玉，《批判與重建》（北京：生活讀書新知三聯書店，2000 年 7 月）。
170. 李小江等著，《身臨奇境——性別、學問、人生》（南京：江蘇人民出版社，2000 年 10 月）。
171. 李小江等，《女性主義文化衝突與身份認同》（江蘇：江蘇人民出版社，2000 年 10 月）。
172. 卡拉・亨德森（Karla. Henderson）等著，劉正等譯，《女性休閒——女性主義的視角》（雲南：雲南人民出版社，2000 年 8 月）。
173. 梅家玲編，《性別論述與臺灣小說》（臺北：臺北麥田出版社，2000 年 10 月。）
174. 〔英〕維金尼亞・吳爾芙（Virginia Woolf）著，張秀亞譯，《自己的房間》（臺北：天培文化有限公司，2000 年 11 月）。
175. 鄭新蓉、杜芳琴主編，《社會性別與婦女發展》（陝西：陝西人民教育出版社，2000 年）。

176. 劉秀娟，《兩性關係——性別刻板化與角色》（臺北：心理出版社，2000年）。
177. 趙維江，《熟悉的陌生人——傳統女化的女性審美》（石家莊：河北人民出版社，2001 年 8 月）。
178. 《解語花——傳統男性文學中的女性形象》（石家莊：河北人民出版社，2001 年 8 月）。
179. 胡元翎，《拂去塵埃——傳統女性角色的文化巡禮》（石家莊：河北人民出版社，2001 年 8 月）。
180. 亞瑟・高登（Arthur Golden）著，林妤容譯，《一個藝妓的回憶》（臺北：希代，2001 年 6 月）。
181. 毛文芳，《晚明閒賞美學》（臺北：學生書局，2000 年 4 月）。
182. 毛文芳，《物・性別・觀看——明末清初文化書寫新探》（臺北：學生書局，2001 年 12 月）。
183. 毛文芳，《圖成行樂：明清文人畫像題詠析論》（臺北：學生書局，2008年 1 月）。
184. 龔斌，《青樓文化與中國文學研究》（上海：漢語大詞典出版社，2001 年12 月）。
185. 劉達臨，《性的歷史》（臺北：臺北商務印書館，2001 年臺灣版）。
186. 肖關鴻，《誘惑與衝突——關於藝術與女性的札記》（上海：學林出版社，2001 年 9 月 1 版，2002 年 1 月 3 刷）。
187. 陳志紅，《反抗與困境：女性文學主義文學批評在中國》（杭州：中國美術學院出版社，2002 年 3 月）。
188. 黃舒屏，《卡羅 Kahlo Frida》（臺北：藝術家，2002 年 8 月）。
189. 張宏生編，《明清文學與性別研究》（江蘇：江蘇古籍出版社，2002 年 10月）。
190. 季國清，《隱性女權的王國》（哈爾濱：黑龍江人民出版社，2003 年 3 月）。
191. 簡瑛瑛編，《女性心／靈之旅——女族傷痕與邊界書寫》（臺北：女書文化，2003 年 3 月）。
192. 杜芳琴，《婦女學和婦女史的本土探索：社會性別視角和跨性別視野》（天津：天津人民出版社，2002 年 12 月 1 版，2003 年 3 月 2 刷）。
193. 華瑋，《明清婦女之戲曲創作與批評》（臺北，中研院文哲所，2003 年 8月）。
194. 胡曉眞，《才女徹夜未眠：近代中國女性敘事文學的興起》（臺北：麥田出版，2003 年 10 月）。
195. 胡曉眞，《明清文學中的西南敘事》（臺北：臺大出版中心，2017 年 2 月）。

196. 〔美〕伊沛霞著，胡志宏譯，《內閣——宋代的婚姻和婦女生活》（江蘇：江蘇人民出版社，2004 年 5 月）。
197. 周顏玲、凱瑟琳・W.伯海德編，王金玲譯，《全球視角：婦女、家庭與公共政策》（北京：社會科學文獻出版社，2004 年 1 月）。
198. 中國社會科學院婦女研究中心編，《轉型社會中的中國婦女》（北京：中國社會科學出版社，2004 年 6 月）。
199. 曹兆蘭，《金文與殷周女性文化》（北京：北京大學出版社，2004 年 7 月）。
200. 薛海燕，《近代女性文學研究》（北京：中國社會科學出版社，2004 年 8 月）。
201. 夏曉紅，《晚清女性與近代中國》（北京：北京大學出版社，2004 年 8 月）。
202. 周青編譯，《另類的尖叫：世界女性主義思潮》（北京：九州出版社，2004 年 9 月）。
203. 〔美〕高彥頤著，李志生譯，《閨塾師——明末清初江南的才女文化》（江蘇：江蘇人民出版社，2005 年 1 月）。
204. 〔美〕曼素恩著，定宜庄、顏宜葳譯，《綴珍錄——十八世紀及前後的中國婦女》（江蘇：江蘇人民出版社，2005 年 1 月）。
205. 〔美〕曼素恩著，楊雅婷譯，《蘭閨實錄：晚明至盛清時的中國婦女》（臺北：左岸文化，2005 年 11 月）。
206. 李貞德、梁其姿主編，《婦女與社會》（北京：中國大百科全書出版社，2005 年 4 月）。
207. 肖薇，《異質文化語境下的女性書寫》（成都：巴蜀書社，2005 年 6 月）。
208. 錢秀中，《波伏娃畫傳》（北京：東方出版社，2005 年 7 月）。

文學研究、文學理論

1. 張季易，《清代毗陵名人小傳稿》（臺北：新文豐出版公司，1981 年 2 月）。
2. 王雲五主編，葛萬里《清錢牧齋先生謙益年譜》（臺北：臺灣商務印書館，1981 年 4 月）。
3. 康來新，《石頭渡海——紅樓夢散論》（臺北：漢光文化事業公司，1985 年 2 月）。
4. 高陽，《明末四公子》（臺北：皇冠出版社，1983 年 9 月）。
5. 朱東潤，《陳子龍及其時代》（上海：上海古籍出版社，1984 年 1 月）。
6. 孟森，《明清史論著集刊》（臺北：南天書局，1987 年）。
7. 周寧、金元浦譯，《接受美學與接受理論》（瀋陽：遼寧人民出版社，1987 年）。
8. 謝國楨，《明清之際黨社運動考》（人人文庫本）（臺北：商務印書館，1987 年）。

9. 高辛勇，《形名學與敘事理論——結構主義的小說分析法》（臺北：聯經出版公司，1987 年 11 月）。
10. 趙山林選注，《歷代詠劇詩歌選注》（北京：書目文獻出版社，1988 年 8 月）。
11. 曹淑娟，《晚明性靈小品研究》（臺北：文津出版社，1988 年 5 月）。
12. 陳萬益，《晚明小品與明季文人生活》（臺北：大安出版社，1988 年 5 月）。
13. 葉嘉瑩，《中國詞學的現代觀》（臺北：大安出版社，1988 年）。
14. 葉嘉瑩，《清詞叢論》（河北：河北教育出版社，1997 年 7 月 1 版，1998 年 6 月 2 刷）。
15. 簡錦松，《明代文學批評研究》（臺北：學生書局，1989 年）。
16. 張廷琛編，《接受理論》（成都：四川文藝出版社，1989 年）。
17. 劉小楓選編，《接受美學譯文集》（北京：三聯書店，1989 年）。
18. 〔美〕恒幕義主編，《清代名人傳略》（青海：人民出版社，1990 年 2 月）。
19. 陳鼎編，《東林列傳》（北京：中國書店，1991 年 3 月）。
20. 鄭逸梅，《鄭逸梅選集》（哈爾濱：黑龍江人民出版社，1991 年 5 月）。
21. 陳生璽，《明清易代史獨見》（鄭州：中州古籍出版社，1991 年 6 月）。
22. 陳竹，《明清言情劇作學史稿》（湖北：華中大學出版社，1991 年 8 月）。
23. 何冠彪，《生與死：明季士大夫的抉擇》（臺北：學生書局，1991 年）。
24. 謝正光編，《明遺民傳記索引》（上海：古籍出版社，1992 年）。
25. 謝正光，《清初詩文與士人交遊考》（南京：南京大學出版社，2001 年 9 月）。
26. 謝正光箋校，嚴志雄編訂，《錢遵王詩集箋校》（臺北：中研院文哲所，2007 年 12 月）。
27. 張恨水，《秦淮世家》（山西：北岳文藝出版社，1993 年 1 月）。
28. 錢蔭榆，《蒼茫集》（貴州：人民出版社，1993 年 9 月）。
29. 馮爾康，《清史史料學》（臺北：商務印書館，1993 年 11 月）。
30. 馮爾康，《清代人物傳記史料研究》（北京：商務印書館，2000 年 8 月）。
31. 馮爾康，《去古人的庭院散步》（北京：中華書局，2005 年 1 月）。
32. 馬美信，《晚明文學新探》（聖環圖書有限公司，1994 年 6 月）。
33. 夏咸淳，《晚明士風與文學》（中國社會科學出版社，1994 年 7 月）。
34. 周明初，《晚明士人心態及文學個案》（東方出版社，1997 年 8 月）。
35. 暢廣元，《中國文學的人文精神》（陝西：陝西人民出版社，1994 年 3 月）。
36. 《晚明文化與政治》專輯，《九州學刊》第 6 卷第 3 期，1994 年 12 月。

37. 弗洛恩德著，陳燕谷譯，《讀者反應理論批評》（臺北：駱駝出版社，1994年）。
38. 赫魯伯著，董之林譯，《接受美學理論批評》（臺北：駱駝出版社，1994年）。
39. 龔鵬程，《晚明思潮》（臺北：里仁書局，1994年）。
40. 龔鵬程，《飲食男女生活美學》（臺北：立緒，1998年）。
41. 佛斯特（E.M.Forster）著、李文彬譯，《小說面面觀》（臺北：志文出版社，1995年6月）。
42. H. Gleitmanleitman著、洪蘭譯，《心理學》（臺北：遠流出版事業公司，1995年5月）。
43. 米克・巴爾（Mieke Bal）著、談君強譯，《敘述學：敘事理論導論》（北京：中國社會科學出版社，1995年11月）。
44. 劉康，《對話的喧聲——巴赫汀文化理論述評》（臺北：麥田出版股份有限公司，1995年）。
45. 馬以鑫，《接受美學新論》（上海：學林出版社，1995年）。
46. 孫之梅，《錢謙益與明末清初文學》（濟南：齊魯書社，1996年2月）。
47. 孫之梅，《南社研究》（北京：人民文學出版社，2003年9月）。
48. 劉夢溪，《傳統的誤讀》（河北：河北教育出版社，1996年2月）。
49. 劉夢溪，《紅樓夢與百年中國》（河北教育出版社，1999年1月）。
50. 劉夢溪主編，《魯迅、吳宓、吳梅、陳師曾卷》（河北：河北教育出版社，1996年8月）。
51. 裴世俊，《錢謙益古文首探》（濟南：齊魯書社，1996年3月）。
52. 裴世俊，《四海宗盟五十年——錢謙益傳》（北京：東方出版社，2001年7月）。
53. 陳桐生，《忠烈人格》（武漢：長江文藝出版社，1996年11月）。
54. 袁震宇、劉明今，《明代文學批評史》（上海：古籍出版社，1996年）。
55. 張京媛主編，《新歷史主義與文學批評》（北京：北京大學出版社，1997年5月）。
56. 周明初，《晚明士人心態及文學個案》（東方出版社，1997年8月）。
57. 蒲安迪，《中國敘事學》（北京：北京大學出版社，1998年1月）。
58. 王桂芳主編，《金陵文化概觀》（江蘇：南京師範大學出版社，1998年5月）。
59. 王衛民、王琳編著，《吳梅評傳・作品選》（北京：中國文史出版社，1998年6月）。

60. 葉兆言，《老南京——舊影秦淮》（江蘇：江蘇美術出版社，1998 年 10 月）。
61. 盛寧，《新歷史主義》（臺北：揚智出版公司，1998 年 10 月）。
62. 斯坦利．費什（Stanley Fish）著，文楚安譯，《讀者反應批評：理論與實踐》（北京：中國社會科學出版社，1998 年 2 月）。
63. 周志文，《晚明學術與知識分子論叢》（臺北：大安出版社，1999 年 3 月）。
64. 張宏生，《清代詞學的建構》（江蘇：江蘇古籍出版社，1999 年 9 月）。
65. 江慶柏，《明清蘇南望族文化研究》（南京：南京師範大學出版社，1999 年 9 月）。
66. 張志揚，《創傷記憶》（上海：上海三聯書店，1999 年 12 月）。
67. 林水福、焦桐主編，《趕赴繁花盛放的饗宴——飲食文學國際研討會論文集》（臺北：時報文化，1999 年）。
68. 龍協濤，《讀者反應理論》（臺北：揚智出版公司，2000 年 1 月）。
69. 王永泉，《漫話秦淮叢書——秦淮掌故》（南京：江蘇文藝出版社，2000 年 9 月）。
70. 吳福林、俞顯堯、楊獻文，《漫話秦淮叢書——秦淮文物》（南京：江蘇文藝出版社，2000 年 9 月）。
71. 韋立平編，《漫話秦淮叢書——秦淮藝苑》（南京：江蘇文藝出版社，2000 年 9 月）。
72. 閻文斌編，《漫話秦淮叢書——秦淮詩詞》（南京：江蘇文藝出版社，2000 年 9 月）。
73. 趙園，《明清之際士大夫研究》（北京：北京大學出版社，2000 年 11 月）。
74. 張誦聖，《文學場域的變遷》（臺北：聯合文學出版社，2001 年 6 月）。
75. 陳益源，《王翠翹故事研究》（臺北：里仁書局，2001 年 12 月）。
76. 羅時進，《唐詩演進論》（南京：江蘇古籍出版社，2001 年 9 月）。
77. 羅中峰，《中國傳統文人審美生活方式之研究》（臺北：洪葉，2001 年）。
78. 楊仁愷，《中國書畫鑑定學稿》（臺北：蘭臺出版社，2002 年 1 月）。
79. 費振鐘，《墮落時代》（臺北：立緒文化，2002 年 5 月）。
80. 張懋鎔，《書畫與文人風尚》（西安：陝西人民出版社，2002 年 9 月）。
81. 王安祈，《當代戲曲》（臺北：三民書局，2002 年 9 月）。
82. 王安祈，《傳統戲曲的現代表現》（臺北：里仁書局，1996 年 10 月初版，2004 年 6 月 3 刷）。
83. 金元浦，《接受反應文論》（濟南：山東教育出版社，1998 年 10 月 1 版，2002 年 10 月 3 刷）。

84. 李豐楙，《第三屆國際漢學會議論文集文學組——文學、文化與世變》（臺北：中國文哲研究所，2002 年 12 月 1 日）。
85. 李豐楙、劉苑如主編，《空間、地域與文化——中國文化空間的書寫與闡釋（上下）》（臺北：中國文哲研究所，2002 年 12 月 31 日）。
86. 〔法〕洛札茲著，林長杰譯，《調情的歷史——純眞與墮落的遊戲》（天津：百花文藝出版社，2003 年 7 月）。
87. 斐蓮娜・封・德・海登林許（Verena von der Heyden-Rynsch）著，張志誠譯，《沙龍——失落的文化搖籃》（臺北：左岸文化，2003 年）。
88. 張國綱主編，《家庭史研究的新視野》（北京：生活・讀書・新知，三聯書店，2004 年 4 月）。
89. 錢仲聯等撰，《名家品詩坊・元明清詞》（上海：上海辭書出版社，2004 年 5 月）。
90. 熊月之、熊秉眞主編，《明清以來江南社會與文化論集》（上海：上海社會科學院出版社，2004 年 5 月）。
91. 熊秉眞、張壽安主編，《情欲明清——達情篇》（臺北：麥田出版社，2004 年 9 月）。
92. 熊秉眞、余安邦合編，《情欲明清——遂欲篇》（臺北：麥田出版社，2004 年 9 月）。
93. 謝明陽，《明遺民的「怨」「群」詩學精神：從覺浪道盛到方以智、錢澄之》（臺北：大安出版社，2004 年 2 月）。
94. 梅家玲，《漢魏六朝文學新論——擬代與贈答篇》（北京：北京大學出版社，2004 年 11 月）。
95. Lawrence C.H.Yim（嚴志雄），“Qian Qianyi's Theory of Shishi during the Ming Qing Transtion”（臺北：中研院文哲所，2005 年 7 月）。
96. 董健、丁帆、王彬彬主編，《中國當代文學史新稿》（北京：人民文學出版社，2005 年 8 月）。

陳寅恪相關資料

（一）專書

1. 陳寅恪，《陳寅恪先生文集——隋唐制度淵源略論稿》（臺北：里仁書局，1982 年 9 月 15 日）。
2. 陳寅恪，《陳寅恪先生文集——元白詩箋證稿》（臺北：里仁書局，1982 年 9 月 15 日）。
3. 陳寅恪，《陳寅恪讀書札記》（上海：上海古籍出版社，1989 年 4 月）。
4. 陳寅恪，《陳寅恪史學論文選集》（上海：上海古籍出版社，1992 年 7 月）。

5. 陳寅恪撰，唐振常導讀，《唐代政治史述論稿》（上海：上海古籍出版社，1997年12月1版1刷，1998年4月1版2刷）。
6. 陳美延、陳流求編，《陳寅恪詩集附唐篔詩存》（北京：清華大學出版社，1993年4月1版1刷，1998年4月1版4刷）。
7. 陳美延編，《陳寅恪集》（《寒柳堂集》、《金明館叢稿初編》、《金明館叢稿二編》、《隋唐制度淵源略論稿》、《唐代政治史述論稿》、《元白詩箋證稿》、《柳如是別傳》、《詩集・附唐篔詩存》、《書信集》、《讀書札記一集》、《讀書札記二集》、《讀書札記三集》、《講義及雜稿》）（北京：生活・讀書・新知，三聯書店，2001年6月）。
8. 蔣天樞，《陳寅恪先生編年事輯》（臺北：弘文館，1985年）。
9. 錢穆，《八十憶雙親、師友雜憶合刊》（臺北：東大圖書公司，1983年1月）。
10. 余英時，《陳寅恪晚年詩文釋證》（臺北：時報文化，1984年8月10日1版1刷，1986年12月31日2版1刷）。
11. 余英時，《陳寅恪晚年詩文釋證》（臺北：東大圖書公司，1998年1月）。
12. 余英時，《論士衡史》（上海：上海文藝出版社，1999年1月）。
13. 紀念陳寅恪教授國際學術討論會秘書組編，《紀念陳寅恪教授國際學術討論會文集》（廣東：中山大學出版社，1989年6月）。
14. 吳學昭，《吳宓與陳寅恪》（北京：清華大學出版社，1992年3月）。
15. 汪榮祖，《陳寅恪評傳》（江西：百花洲文藝出版社，1992年8月）。
16. 汪榮祖，《史家陳寅恪傳》（臺北：聯經出版事業公司，1984年2月1版1刷，1998年5月2版2刷）。
17. 王永興，《紀念陳寅恪先生百年誕辰學術論文集》（江西：江西教育出版社，1994年8月）。
18. 王永興，《陳寅恪先生史學述略稿》（北京：北京大學出版社，1998年2月）。
19. 吳定宇，《學人魂——陳寅恪傳》（臺北：業強出版社，1996年）。
20. 劉以煥《國學大師陳寅恪》（重慶：重慶出版社，1996年2月）。
21. 劉以煥《一代宗師陳寅恪——兼及陳氏一門》（重慶：重慶出版社，2001年2月）。
22. 陸鍵東，《陳寅恪的最後貳拾年》（北京：生活・讀書・新知，三聯書店，1995年12月1版1刷，1996年7月1版3刷）。
23. 吳定宇，《學人魂陳寅恪傳》（上海：上海文藝出版社，1996年8月）。
24. 王子舟，《陳寅恪讀書生涯》（武漢：長江文藝出版社，1997年10月）。
25. 王子舟，《陳寅恪的治學方法》（臺北：新視野圖書，1999年3月10日）。
26. 王子舟，《陳寅恪》（武漢：湖北人民出版社，2002年4月）。
27. 錢文忠，《陳寅恪印象》（上海：學林出版社，1997年12月）。

28. 馮衣北，《陳寅恪晚年詩文及其他——與余英時先生商榷》（廣東：花城出版社，1986 年 7 月 1 版 1 刷，1998 年 3 月 1 版 2 刷）。
29. 劉納，《陳三立》（北京：中國文史出版社，1998 年 6 月）。
30. 李洪岩，《錢鍾書與近代學人》（天津：百花文藝出版社，1998 年 2 月 1 版 1 刷，1998 年 9 月 1 版 3 刷）。
31. 劉克敵，《陳寅恪與中國文化》（上海：人民出版社，1999 年 9 月）。
32. 張杰、楊燕雨，《解析陳寅恪》（北京：社會科學文獻出版社，1999 年 9 月）。
33. 劉明華，《獨立寒秋：陳寅恪的讀書生活》，2000 年 9 月。
34. 張求會，《陳寅恪的家族史》（廣東：廣東教育出版社，2000 年 9 月）。
35. 戴錦華主編，《書寫文化英雄——世紀之交的文化研究》（南京：江蘇人民出版社，2000 年 9 月）。
36. 葉紹榮，《陳寅恪家世》（廣州：花城出版社，2001 年 1 月 1 版 1 刷，2001 年 4 月 1 版 2 刷）。
37. 秦竟芝，《陳寅恪與新考據學》（廣西：師範大學歷史系碩士論文，2001 年 5 月）。
38. 沈美綺，《陳寅恪詩之研究》（臺南：臺南師範學院大學國民教育研究所碩士論文，2002 年）。
39. 劉夢溪，《陳寅恪與紅樓夢》（北京：中央編譯出版社，2006 年 5 月）。

（二）期刊

1. 鄔和鎰，〈讀《陳寅恪的最後二十年》〉，《圖書館論壇》，1997 年第 1 期。
2. 景曉平，〈陳寅恪晚年注重女性題材研究原因探析〉，《張家口師專學報》，1998 年第 2 期。
3. 劉克敵，〈陳寅恪的「紅妝」研究與《紅樓夢》〉，《文史哲》，1998 年第 5 期。
4. 顧瑋，〈精神自由與文化建構——讀《陳寅恪的最後二十年》〉，《棗莊師專學報》，1999 年第 2 期。

參、期刊論文

1. 唐文標，〈張愛玲的可口可樂——跋一本書〉，《張愛玲卷》（臺北：遠景，1983 年 11 月初版，1983 年 1 月再版），頁 345～346。
2. 劉志琴，〈晚明城市風尚初探〉，《中國文化研究叢刊》第 1 輯（上海：復旦大學，1984 年）。
3. 伊蘭・修華特（Elaine Showalter）著，張小虹譯，〈荒野中的女性主義批評〉，《中外文學》第十卷，第十四期，1986 年 3 月，頁 77～114。

4. 劉詠聰，〈清初四朝女性才命觀管窺〉，《明清史集刊》2 卷，1986 年，頁 63～94。
5. 梁其姿，〈明末清初民間慈善活動的興起——以江浙地區爲例〉，《食貨月刊》復刊一五．七／八，1986 年。
6. 潘琪，〈晚明文學革新思潮初探〉，《鄂西大學學報，社科版》1987 年 1 月，頁 55～59。
7. 吳宏一，〈晚明的詩壇風氣〉，《國文天地》第二十期，1987 年 1 月。
8. 蘇者聰，〈略論中國古代女作家〉，《武漢大學學報．社科版》1987 年 6 月，頁 99～107。
9. 鄭培凱，〈天地正氣僅見於婦女——明清的情色意識與貞淫問題〉上，《當代》第 16 期，1987 年 8 月，頁 45～58。
10. 鄭培凱，〈天地正氣僅見於婦女——明清的情色意識與貞淫問題〉下，《當代》第 17 期，1987 年 9 月，頁 58～64。
11. 鄭培凱，〈晚明袁中道的婦女觀〉，《近代中國婦女史研究》第 1 期，1993 年 6 月，頁 201～206。
12. 吳存存，〈清代士大夫狎優蓄童風氣敘略〉，《中國文化》一五／一六，1997 年。
13. 喬以鋼，〈中國古代女性文學創作的文化反思〉，《天津社會科學》，1988 年第 1 期，頁 72～75。
14. 喬以鋼，〈論 20 世紀中國女性文學主題〉，陳洪編《文學與文化》（天津：南開大學出版社，2003 年 3 月），頁 304～314。
15. 徐泓，〈明代社會風氣的變遷——以江、浙地區爲例〉，《中央研究院第二屆國際漢學會議論文集．明清與近代史集組》，1989 年 6 月，頁 137～159。
16. 章培恒，〈明代的文學與哲學〉，《復旦學報．社會科學版》第 1 期，1989 年 1 月，頁 1～9。
17. 熊禮匯，〈古代婦女作品整理、研究的新收穫——評蘇者聰《中國歷代婦女作品選注》〉，《武漢大學學報》社會科學版，1990 年第 4 期，頁 127～129。
18. 李孟君，〈唐代詠女性詩所反映的婦女社會地位與現實生活〉，《輔大中文所學刊》第 2 期，1991 年 10 月，頁 175～203。
19. Paul Ropp，〈明清婦女研究——評介最近有關之英文著作（梁其姿譯）〉，《新史學》第 2 卷第 4 期，1991 年 12 月，頁 77～116。
20. 葉嘉瑩，〈論詞學中之困惑與《花間》詞之女性敘寫及其影響〉上，《中外文學》，第 20 卷，第 8 期，1992 年 1 月，頁 4～31。
21. 葉嘉瑩，〈論詞學中之困惑與《花間》詞之女性敘寫及其影響〉下，《中外文學》，第 20 卷，第 9 期，1992 年 2 月，頁 4～30。

22. 葉嘉瑩，〈論陳子龍詞〉，收錄於《詞學古今談》（臺北：萬卷樓圖書有限公司，1992 年）。
23. 張淑香，〈三面夏娃——漢魏六朝詩中女性美的塑像〉，收入《抒情傳統的省思與探索》（臺北：大安出版社，1992 年 3 月），頁 127～162。
24. 魏愛蓮作，劉裘蒂譯，〈十七世紀中國才女的書信世界〉，《中外文學》，第 22 卷第 6 期，1993 年 11 月，頁 55～81。
25. 康正果，〈重新認識明清才女〉，《中外文學》第 22 卷第 6 期，1993 年 11 月，頁 121～131。
26. 趙永紀，〈錢謙益其人其詩〉，《江西社會科學》，1993 年第 4 期，頁 66～72。
27. 李炳華，〈南社人士論發展盛澤絲綢業〉，《南社研究》（4），中山大學出版社，1993 年 12 月，頁 78～89。
28. 胡曉眞，〈最近西方漢學界婦女文學史研究之評介〉，《近代中國婦女史研究》第 2 期，1994 年 6 月，頁 271～289。
29. 胡曉眞，〈才女徹夜未眠——清代婦女彈詞小說中作者自敘之探討〉，「語文、情性、義理——中國文學的多層面探討國際學術會議論文」，臺灣大學中國文學系主辦，1996 年 4 月。
30. 鄭志敏，〈唐代士人與妓女關係的演變——以《全唐詩》爲中心〉，《中興史學》創刊號，1994 年 12 月，頁 65～85。
31. 王海燕，〈血相融　情相通　搏相同——石楠傳記小說創作主體逼近描寫對象的途徑〉，《文學自由談》，1994 年第 2 期，頁 104～107。
32. 孫康宜，〈走向男女雙性的理想——女性詩人在明清文人中的地位〉，《中央日報》長河版，1995 年 3 月 5～9 日。
33. 孫康宜，〈明清寡婦詩人的文學「聲音」〉，「語文、情性、義理——中國文學的多層面探討國際學術會議論文」，臺灣大學中國文學系主辦，1996 年 4 月。
34. 吳承學，〈晚明的香豔小品〉，《隨筆》，1995 年第 6 期，頁 86～95。
35. 林素玟，〈晚明「賞鑑」的審美意識〉，收入淡江大學中文所《文學與美學》第五輯（臺北：文史哲，1995 年）。
36. 船歌，〈瞧這一家子——女作家石楠和她的家庭〉，《東方藝術》，1996 年第 3 期，頁 22。
37. 梅家玲，〈依違於婦德與才性之間：《世說新語・賢媛篇》的女性風貌〉，《婦女與兩性學刊》第 8 期，臺大人口研究中心婦女研究室，1997 年 4 月，頁 1～28。
38. 鄔和鎰，〈讀《陳寅恪的最後二十年》〉，《圖書館論壇》（雙月刊）1997 年第 1 期，頁 69～70。

39. 孫郁，〈遺民陳寅恪〉，《當代作家評論》，1997 年第 4 期，頁 70～79。
40. 劉人鵬，〈遊牧主體：莊子的用言方式與道——用一種女性主義閱讀錢新祖的〉莊子》，《臺灣社會研究季刊》第 29 期，1998 年 3 月，頁 101～130。
41. 龔鵬程，〈隱逸——另類的生活美〉，《飲食男女生活美學》（臺北：立緒文化事業，1998 年 9 月），頁 215～250。
42. 李孝悌，〈明清的統治階層與宗教——正統與異端之辨〉，收於郝延平、魏秀梅主編，《近世中國之傳統與蛻變：劉廣京院士七十五歲祝壽論文集》上冊（臺北：中研院近史所，1998 年），頁 83～102。
43. 余姍姍譯，〈芙瑞達‧卡蘿繪畫中的文化、政治和身分認同〉，Norma Broude, Mery D. Garrard 編，《女性主義與藝術歷史：擴充論述》（臺北：遠流，1998 年），頁 763～783。
44. 汪雅玲譯，〈歐姬芙與女性主義——定位的問題〉，Norma Broude, Mery D. Garrard 編，《女性主義與藝術歷史：擴充論述》（臺北：遠流，1998 年），頁 841～870 頁。
45. 王鴻泰，〈青樓：中國文化的後花園〉，《當代》第 137 期，1999 年 1 月，頁 16～29。
46. 巫仁恕，〈明代平民服飾的流行風尚與士大夫的反應〉，《新史學》第 10 卷第 3 期，1999 年。
47. 李孝悌，〈娛樂、情色與啓蒙——俗文學的幾個面向〉，《古今論衡》三（臺北：中央研究院歷史語言研究所，1999 年）。
48. 林麗月，1999，〈衣裳與風教——晚明的服飾風尚與「服妖」議論〉，《新史學》第 10 卷第 3 期，1999 年。
49. 張英進，〈娼妓文化、都市想像與中國電影〉，《當代》第 137 期，1999 年 1 月，頁 30～43。
50. 王海燕，〈爲名伶立傳、替紅顏雪恥——評石楠長篇歷史小說《陳圓圓‧紅顏恨》〉，《安慶師範學院學報》（社會科學版）1999 年第 18 卷第 4 期，頁 65～68。
51. 杜春耕〈《紅樓夢》對《馮小青》的直接繼承〉，《紅樓》，1998 年第 1 期（貴州：貴州省紅學會），頁 18～25。
52. 杜春耕，〈從《風月寶鑑》是演變不出一部《石頭記》來的〉，《紅樓夢學刊》2000 年第 4 輯（總 87 輯）（北京：紅樓夢學刊雜誌社，2000 年 11 月），頁 230～243。
53. 蔡祝青，〈再現「明清文人的性別觀」〉，《婦女與兩性研究通訊》第 59 期，2001 年 6 月，頁 13～15。
54. 周法高，〈讀錢牧齋「燒香曲」〉，收於鄺健行、吳淑鈿編選，《香港中國古典文學研究論文選粹——詩詞曲篇》（南京：江蘇古籍出版社，2002 年 4 月），頁 232～247。

55. 張淑英，〈最後的「自畫像」：愛欲、身體、國族——芙莉達・卡蘿的《日記》呈現的心靈徵狀〉，簡瑛瑛編，《女性心／靈之旅——女族傷痕與邊界書寫》（臺北：女書文化，2003 年 3 月），頁 49～76。
56. 陶慕寧，〈從《影梅庵憶語》看晚明江南文人的婚姻性愛觀〉，陳洪編《文學與文化》（天津：南開大學出版社，2003 年 3 月），頁 143～150。
57. 李聖華，〈試論明末女性詩歌創作的群落分佈與時代特徵〉，《中國古典文學與文獻學研究》第二輯（北京：學苑出版社，2003 年 12 月），頁 148～163。
58. 高詩佳，〈從寡婦守節看錢謙益降清之苦〉，《傳統中國文學電子報》172 期，2004 年 2 月 20 日。

肆、學位論文

1. 李桂柱，《明傳奇所見的中國女性》（臺北：臺灣大學中文研究所碩士論文，1970 年）。
2. 李偉萍，《南朝文學中的婦女形象》（臺北：政治大學中文研究所碩士論文，1981 年）。
3. 李丙鎬，《錢謙益文學評論研究》（臺北：臺灣大學中文研究所碩士論文，1981 年 12 月）。
4. 鍾慧玲，《清代女詩人研究》（臺北：政治大學中文研究所博士論文，1981 年）。
5. 李偉萍，《南朝文學中的婦女形象》（臺北：政治大學中文研究所碩士論文，1981 年）。
6. 廖美玉，《錢牧齋及其文學》（臺北：臺灣大學中文研究所博士論文，1983 年）。
7. 李美娟，《正史《列女傳》研究》（臺北：政大中文研究所碩士論文，1983 年）。
8. 陳美，《明末忠義詞人研究》（臺北：東吳大學中國文學研究所碩士論文，1985）。
9. 徐蕙霞，《魏晉南北朝閨情詩研究》（臺中：逢甲大學中文研究所博士論文，1988 年 1 月）。
10. 許淑敏，《南明遺民詩集敘錄》（臺南：成功大學中文研究所碩士論文，1988 年 5 月）。
11. 黃明理，《晚明文人型態之研究》（臺北：臺北師範大學國文研究所碩士論文，1989 年）。
12. 許瑞玲，《六十種曲婦女形象研究》（臺北：臺北師範大學國文研究所碩士論文，1990 年）。

13. 李孟君，《唐詩中的女性形象研究》（臺北：輔仁大學中文研究所碩士論文，1992 年）。
14. 高仁淑，《元雜劇關馬鄭白四家作品中女性角色研究》（臺北：文化大學中文研究所碩士論文，1993 年）。
15. 李栩鈺，《閨閣傳心——午夢堂集女性作品研究》（新竹：清華大學文學研究所碩士論文，1994 年 1 月）。
16. 廖肇亨，《明末清初遺民逃禪之風研究》（臺北：臺灣大學中文研究所碩士論文，1994 年 5 月）。
17. 戚心怡，《晚清小說中女性處境之研究》（臺北：淡江大學中文研究所碩士論文，1994 年）。
18. 陳翠英，《世情小說之價值觀探論——以婚姻爲定位的考察》（臺北：臺灣大學中文研究所博士論文，1995 年）。
19. 陳葆文，《中國古典短篇文言愛情小說女主角形象研究》（高雄：高雄師範大學國文研究所碩士論文，1997 年 6 月）。
20. 陳美惠，《《世說新語》所呈現魏晉南北朝之婦女群象研究》（高雄：高雄師範大學國文研究所碩士論文，1997 年 6 月）。
21. 陳瑞芬，《兩漢隋唐婦女閨怨詩研究》（臺北：文化大學中文研究所博士論文，1998 年 6 月）。
22. 王鴻泰，《流動與互動——由明清間城市生活的特性探測公眾場域的開展》（臺北：臺灣大學歷史研究所博士論文，1998 年 11 月）。
23. 郭淑芬，《馮夢龍《情史類略》中之「才女」形象研究》（新竹：清華大學中文研究所碩士論文，1998）。
24. 黃儀冠，《晚明至盛清女性題畫詩研究——以閱讀社群及其自我呈現爲主》（臺北：政治大學中文研究所碩士論文，1998 年）。
25. 張紫君，《六朝詩歌中的女性書寫》（臺北：輔仁大學中文研究所碩士論文，19989 年）。
26. 許玉薇，《明清文人的才女觀——以《西青散記》與賀雙卿爲例之研究》（南投：暨南大學中文研究所碩士論文，1999 年）。
27. 鄭幸雅，《晚明清言研究》（嘉義：中正大學中文研究所碩士論文，2000 年 7 月）。
28. 吳佳眞，《晚明清初擬話本之娼妓形象研究》（臺北：淡江大學中文研究所碩士論文，2000 年）。
29. 李憶湘，《兩漢魏晉女「四德」觀研究》（臺北：臺灣大學中文研究所碩士論文，2000 年 6 月）。
30. 李聖華，《晚明詩歌研究》（浙江：蘇州大學中文系博士論文，2001 年 4 月）。

31. 徐茂雯，《陳子龍詩學思想研究》（浙江：蘇州大學碩士論文，2001 年 5 月）。
32. 曾美雲，《六朝女教問題研究——以才性、南北、妒教爲中心》（臺北：臺灣大學中文研究所博士論文，2001 年 6 月）。
33. 高月娟，《柳如是及其《戊寅草》研究》（臺中：東海大學中文研究所碩士論文，2001 年 6 月）。
34. 蔡祝青，《明末清初小説中男女扮裝之性別與文化意義》（嘉義：南華大學文學研究所碩士論文，2001 年）。
35. 劉福田，《錢曾《牧齋詩註》之史事考察》（臺中：東海大學中文研究所博士論文，2001 年）。
36. 王學玲，《明清之際辭賦書寫中的身分認同》（臺北：輔仁大學中文研究所博士論文，2002 年 1 月）。
37. 陶磊，《試論明清通俗文學作品中女性易裝「越位」現象》（湖南：師範大學碩士論文，2002 年 3 月）。
38. 朱海燕，《明清易代與話本小説的變遷》，中國社會科學研究生院文學系博士論文，2002 年 5 月。
39. 劉勇剛，《雲間派研究》（南京：南京師範大學博士論文，2002 年 5 月）。
40. 陳欣怡，《明末在野知識份子經世致用精神之表現——以陳繼儒爲討論中心》（臺北：淡江大學中文研究所碩士論文，2002 年）。
41. 董雁，《明末清初才子佳人小説研究》（陝西：師範大學碩士論文，2003 年 5 月）。
42. 關春燕，《明代吳江女性文學研究》（南京：師範大學文學院碩士論文，2004 年 5 月）。
43. 丁功誼，《錢謙益文學思想研究》（北京：首都師範大學博士論文，2005 年 2 月）。
44. 沈宜玲，《柳如是及其詩詞研究》（臺南：臺南大學教育經營與管理研究所碩士論文，2005 年 6 月）。
45. 郭香玲，《柳如是《戊寅草》初探》（高雄：中山大學中文學系（夜間專班）碩士在職專班碩士論文，2006 年 1 月）。